# 隶书笔法与结构全程教学

# 曹全碑

罗绍文◎著

江西美术出版社

图书在版编目（CIP）数据

隶书笔法与结构全程教学：曹全碑/罗绍文著.—南昌：江西美术出版社，2024.1
ISBN 978-7-5480-8539-3

Ⅰ. ①隶… Ⅱ. ①罗… Ⅲ. ①隶书－书法 Ⅳ. ①J292.113.2

中国版本图书馆CIP数据核字(2021)第218969号

出 品 人：刘　芳
责任编辑：王洪波　陈冬华
责任印制：谭　勋
封面设计：韩　超
版式设计：黄　强　黄　明　刘志兰

隶书笔法与结构全程教学：曹全碑

著　　者：罗绍文
出　　版：江西美术出版社
社　　址：南昌市子安路66号
邮　　编：330025
电　　话：0791—86566329
发　　行：全国新华书店
印　　刷：江西千叶彩印有限公司
版　　次：2024年1月第1版
印　　次：2024年1月第1次印刷
开　　本：889 mm×1194 mm　1/16
印　　张：10
ISBN 978-7-5480-8539-3
定　　价：68.00元

# 目录

CONTENTS

# 序＆小白临写《曹全碑》指南

我在教授零基础书法入门的课程时，总结了大家的一些共性问题，这次出版一本适合《曹全碑》入门的教程，正好借这个机会可以和广大书法爱好者们分享。

## 一、问题

### 1. 学习隶书为什么要从汉隶入手？

“学隶须从汉碑入手，取法高古。”这是许多隶书名家的经验之谈。隶书的发展有三个黄金时期：汉代、唐代和清代。其中，汉隶是隶书发展最鼎盛和最辉煌的时期。汉隶碑刻书法多样，令人目不暇接，正如清代书法家王澍所评：“隶法以汉为极，每碑各出一奇，莫有同者。” 一提到隶书，我们就想到“汉隶”，正如一提到楷书，我们就想到“唐楷”一样。

### 2. 学习隶书为什么选择《曹全碑》入门？

汉隶经典碑帖有很多，有瘦劲如铁的《礼器碑》、有秀美雄健的《乙瑛碑》、有端庄平稳的《史晨碑》、有方茂古拙的《张迁碑》、有雄放恣肆的《石门颂》等。我们学习书法有一个循序渐进的原则。孙过庭《书谱》中有“初学分布，但求平正”的说法，也就是说刚开始学习书法，以平稳端正一路为宜，等有一定基础后再去“追险绝”。而这些经典碑帖中，“孔庙三碑”（《乙瑛》《史晨》《礼器》）都属于平正一路 ，也都适合初学，可惜“石花”较多，初学者往往因字口模糊而无从下笔。而《曹全碑》的一大优势在于相对来说字口比较清晰，方便临摹。

### 3. 临摹《曹全碑》适合选择什么样的笔、墨、纸、砚呢？

一般来说，初学者可以选择软硬适中的兼毫毛笔。羊毫较软，狼毫较硬，初学者往往驾驭不了，待水平渐长后皆可尝试。纸张适合选择半生熟的毛边纸或宣纸，纸太生容易洇，纸太熟不吃墨。建议用墨块在砚台上磨墨，效果更佳，也可以用小瓷碟盛墨汁书写。初学宜选用浓淡适中的墨汁。墨汁太稀，容易发灰，淡墨伤神；墨汁较浓，胶性过重，普通机制毛边纸或宣纸写完后纸张容易起皱。

### 4. 临摹《曹全碑》写多大的字合适，折格子有何相应要求？

《曹全碑》单字的原大边长约为3厘米，我们初学临摹时可适当放大，字的边长在4～10厘米之间皆可。值得注意的是，隶书的字为扁字，但格子应为正方形或者竖长方形，更符合原帖的章法。

### 5. 临摹《曹全碑》时，书写速度有何讲究？

正常情况下，一般不宜太快。当然，也要根据毛笔中的蓄墨量以及纸张的生熟等因素来综合考量。

**6. 每天书法练习时间多久为宜？**

一般情况下，每天能坚持半小时就很好了，多多益善。

**7. 有人说学习书法应从篆书入手，因为先有篆书，这种说法对吗？**

启功先生针对这个问题有过经典的比喻：“难道学画鸡一定要先学画鸡蛋吗？”学习书法可以从篆书入手，也可以从隶书或者楷书入手，这类字体都属于平正一路，统称“正书”，均适合初学。打个类似的比方，譬如初学游泳，入门阶段从蛙泳、自由泳、仰泳开始皆可，只要把方法区分开就行，殊途同归。

**8. 书写时手抖是什么原因造成的，如何解决这个问题？**

原因有很多，最主要的原因还是不熟练，写得多了往往就不抖了，当然也不排除其他因素：如果是过于紧张，则需要放松；如果姿势不对，则需要及时调整桌椅高度及书写姿势，以舒适为宜；写小字不必悬肘，枕腕即可；如果长时间提重物或者有高强度的手部运动，则需要休息几天再写；如果空腹喝茶、喝咖啡或者出现低血糖等特殊情况，则需要及时补充身体所需能量。

**9. 有时候没写到位，补笔到底可不可以，或者可以补到什么程度？**

如果毛笔的笔锋或者笔腹受到损伤，在书写时难免出现一些用笔不到位的情况，如过于突兀，可以适当进行补笔，但要不着痕迹，墨色尽可能接近，补笔次数越少越好，不宜重新蘸墨或者重复多次补笔。

**10. 不是说《曹全碑》很清楚吗？为什么买来的字帖，上面好多不清楚的地方，是买错字帖了吗？**

虽然说《曹全碑》已经是目前中国汉代石碑中保存比较完整、字体比较清晰的少数作品之一，但《曹全碑》毕竟是一块东汉时期的碑，距今 1800 多年，其间难免会受到自然和人为的毁损，即使是比较早的拓本，也会由于碑没洗干净，或者拓碑人的技术等方方面面的原因导致拓出来的效果不甚理想。如果买来的《曹全碑》过于清楚，一定是修过图的，反倒是不真了。

**11. 遇到不清楚的字如何处理？**

遇到不清楚的字，首先对照释文尝试解读，然后看看《曹全碑》其他地方有没有出现过这个字，或者类似的偏旁部件，可以参考借鉴。另外，也可以通过查字典的方法，将该字的隶书各种写法查出，结合《曹全碑》的书写风格，进行相应的变化处理。本书后面“特殊字群”部分对很多不清楚的字进行了针对性指导，可以参看。

**12. 写《曹全碑》以中锋为主还是侧锋为主？**

以中锋为主。我们书写篆书、隶书一般以中锋为主。《曹全碑》也不例外。

**13. 临摹时每个字就临一遍，还是单字临很多遍？**

初学者掌握了基本的笔法后，建议先通临一遍，即每个字只写一遍。当然，如遇到不满意的字又十分想写好，可以旁边单独准备一张纸，再练几遍，但最好不要超过 6 遍，如果一个单字写不好，就写一整张或者很多遍，这样的后果是，很有可能把一个错误反复巩固了很多遍而不自知。

## 二、一些具体问题举例

1. 三角形点（△）

例字“役”中言字旁的第一点为三角形，从左往右书写的可能性最大，符合大多数隶书双人旁的书写习惯，当然也有从右往左书写的，也不排除这种可能性，我个人的建议偏向第一种。

2.“❟”点

此类类似于“逗号”的点法比较特殊，藏锋动作比较大，有一个明显的从左往右的横向动作，然后再往下竖点。“室”字宝盖头的第一点就是这种点的典型形态。另外，“家”的宝盖头第一点更加有特点，值得单独记忆一下，未来可以在创作实践中运用这种变化。

3. 厶（△）部件

例字中这类三角形部件，写法各异，注意观察长短、粗细、角度等变化，尤其注意弧度和出头等小细节。“参”左侧的三角形部件，撇折的撇往外弧，“风”“属”“蜀”下面三角形部件，撇折的撇是直的。另外，“风”和“属”撇折的左下部都略微出头。

4.“X”与“√”

“尔”字下部四个“X”，“龀”左下部四个“√”，都是非常短小精致的笔画，每一笔的起笔、行笔、收笔都要写到位，注意笔画细节处的微妙变化以及整体的和谐统一。

# 《曹全碑》简介

《曹全碑》全称《汉郃阳令曹全碑》，又名《曹景完碑》，系东汉王敞等纪念曹全功绩而立。王敏、王毕等立石。东汉中平二年（185）十月立，竖方形，高226厘米，宽86.5厘米，共20行，每行45字。明万历初年在陕西省郃阳县旧城出土，1956年入藏西安碑林博物馆。《曹全碑》碑文除了记载东汉末年曹全镇压黄巾起义的事件，还记载了张角领导农民起义波及陕西的情况，反映了当时农民军的声势和郃阳县郭家起义等情况，为研究东汉末年农民起义斗争史提供了重要的历史资料。此碑是汉碑代表作品之一，是秀美一派的典型，是保存汉代隶书字数较多的碑刻，字迹娟秀清丽，结体扁平匀称，舒展飘逸，长短兼备，历来为书家所重。

《曹全碑》现存西安碑林

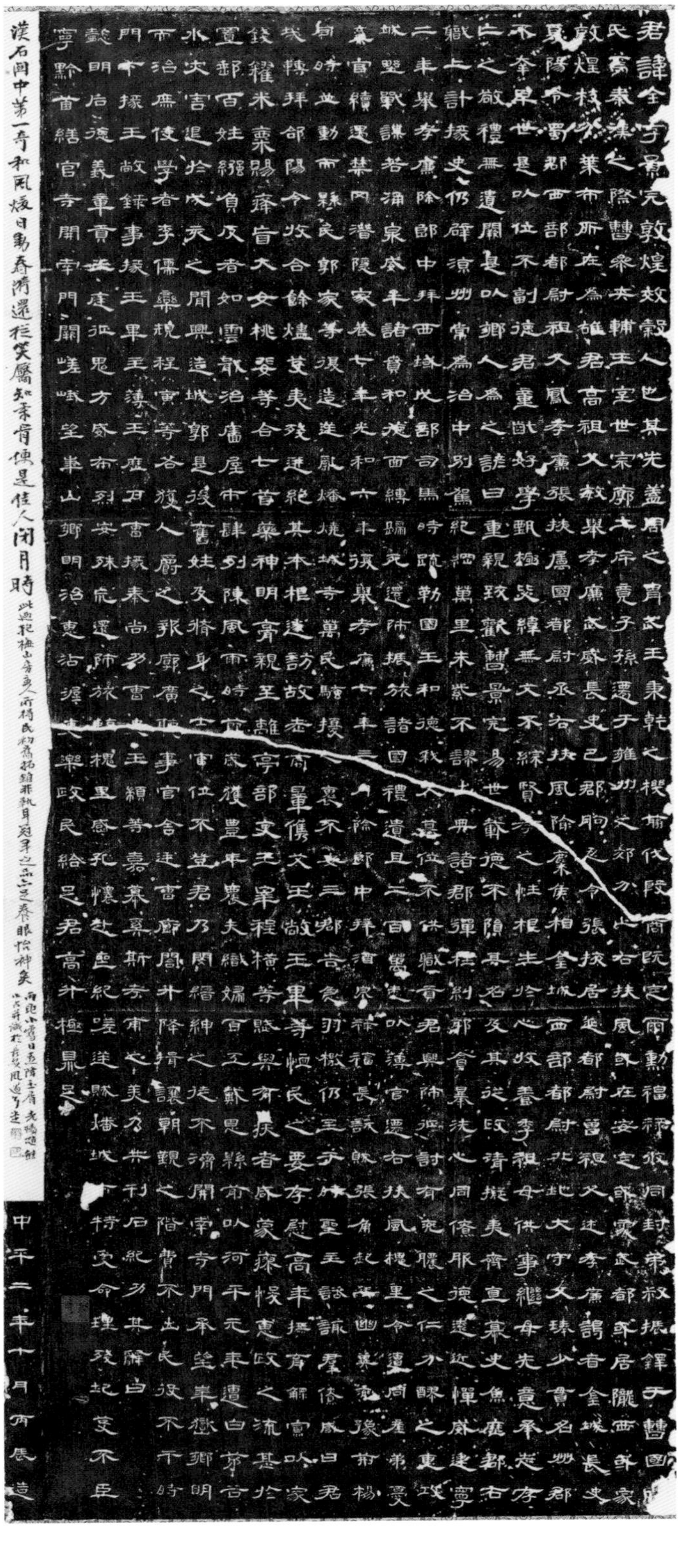

《曹全碑》碑阳

①据文献记载，《曹全碑》出土时笔画完好，一字不缺。后在转移至郃阳县孔庙的过程中，碑阳右下角“因”字遭到碰损。

②明末，由于大风将树木折断，导致碑受损，首行“商”至19行“吏”，有一道裂痕。于是有“断前本”与“断后本”的区别。“断前本”更早，但由于捶拓之前，碑石未加清洗，因此很多细节不够精良。从下图四个例字“字”“之”“分”“煌”可以看出区别（断前本VS断后本）：

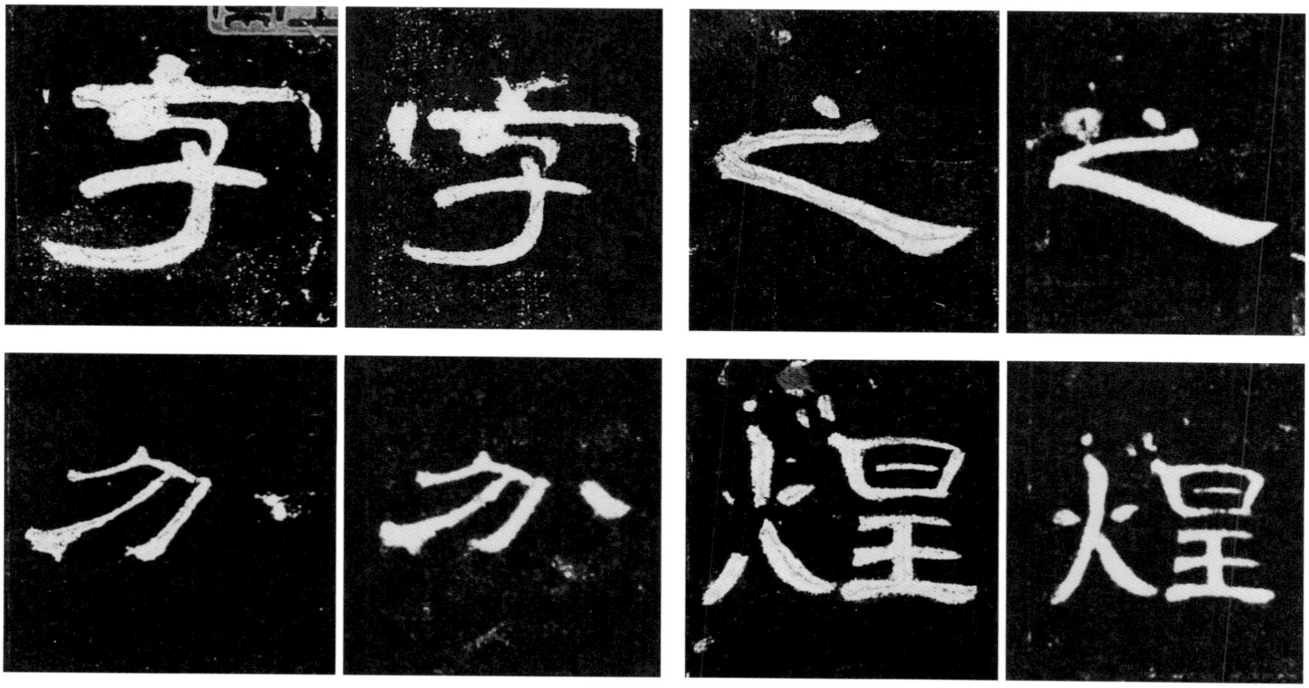

③曹全碑单字原大约横3厘米，竖2.5厘米。如图：

④原石照片不如较早时期的拓片清楚。如图：

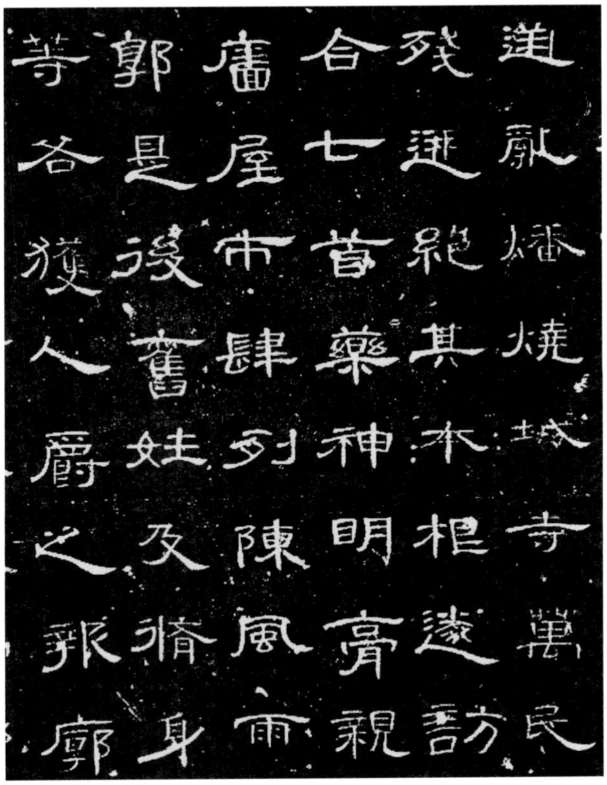

## 历代集论

碑文隶书遒古，不减《史卒》《韩敕》等碑，且完好无一字缺坏，真可宝也。

——（明）赵崡《石墨镌华》

此方出最初拓也。止一“因”字半阙，其余锋硭铦利，不损丝发。因见汉人不独攻玉之妙，浑然天成，琢字亦毫无刀痕。以余平生所见汉隶，当以孔庙《礼器碑》为第一，神奇浑璞，譬之诗，则西京，此则风赡高华，如建安诸子。譬之书，《礼器》则《季直表》，此则《兰亭序》。碑阴自伯祺止孝才五十二人，外五人名字不备，当是书石阙略，非剥蚀也。书法简质，草草不经意，又别为一体。益知汉人结体命意，错综变化，不衫不履，非后人可及。

——（明）郭宗昌《金石史》

《曹景完碑》万历间始出于郃阳土中，唯一“因”字半缺，余俱完好。且字法遒秀，逸致翩翩，与《礼器碑》前后辉映，汉石中之至宝也。

——（清）孙承泽《庚子销夏记》

字甚真切，古人用笔，历历可观。

——（清）郑簠跋语

未经剥蚀，字画完好，汉法毕真，学者咸宗之。

——（清）郑簠跋语

《曹全碑》，万历间出自土中，故得完好如新。碑阴有门生故吏名，出钱以刻石者，盖全为郃阳令此邦人士颂德之文。故碑尚在县，不知何时埋没，今始掘得，较当时显著，更流美千载也。书意故是名迹，从中郎法度变出，别成一家。今耳目好新，乃竟宗之，白下郑簠早年学之颇似，晚复颓唐，不得气力，后未见其继。

——（清）陈奕禧《绿荫亭集》

秀美飞动，不束缚，不驰骤，洵神品也。

——（清）万经《分隶偶存》

汉隶碑版极多，大都残缺，几不能复识矣，惟《曹景完碑》，犹尚完好可习。

——（清）王澍《翰墨指南·书学宗派六则》

汉碑字之小者，《孔元上》《曹景完》二石也。《曹景完碑》秀逸，此碑（指《孔彪碑》）淳雅，学书不学此碑，不知今隶源流相通处。惜存字无多，不及《郃阳碑》之完善也。

——（清）郭尚先《芳坚馆题跋》

此碑波磔不异《乙瑛》，而沉酣跌宕直合《韩敕》。正文与阴侧为一手，上接《石鼓》，旁通章草，下开魏、齐、周、隋及欧、褚诸家楷法，实为千古书家一大关键。不解篆籀者，不能学此书；不善真草者，亦不能学此书也。

——（清）方朔《枕经堂金石书画题跋》

分书石刻，始于后汉。然年代既遥，石质磨泐，妍媸莫辨。惟《曹全碑》，明季始出土，于汉碑中最为完好，而未断者尤佳。迩来击拓既久，字迹模糊，时人重加刻画，惟碑阴五十余行，拓本既少，笔意俱存。虽当时记名、记数之书，不及碑文之整饬，而萧散自适，别具风格，非后人所能仿佛于万一。此盖汉人真面目，壁坼、屋漏，尽在是矣。

——（清）朱履贞《书学捷要》

前人多称其书法之佳，至比之《韩敕》《娄寿》，恐非其伦。尝以质之孺初（指潘存），孺初曰："分书之有《曹全》，犹真行之有赵、董。"可谓知言。惜为帖贾凿坏，失秀润之气。

——（清）杨守敬《平碑记》

碑阴书（指《曹全碑》）神味渊隽，尤耐玩赏。

——（清）徐树钧《宝鸭斋题跋》

至于隶法，体气益多，骏爽则有《景君》《封龙山》《冯绲》，疏宕则有《西狭颂》《孔宙》《张寿》，高浑则有《杨孟文》《杨统》《杨著》《夏承》，丰茂则有《东海庙》《孔谦》《校官》，华艳则有《尹宙》《樊敏》《范式》，虚和则有《乙瑛》《史晨》，凝整则有《衡方》《白石神君》《张迁》，秀韵则有《曹全》《元孙》。

——（清）康有为《广艺舟双楫》

# 书法基础常识

## 一、文房四宝

文房四宝是笔、墨、纸、砚四种书写工具的统称。这些书写工具，制作历史悠久，品类繁多，历代都有著名的制作艺人和制品。

### 如何选择毛笔

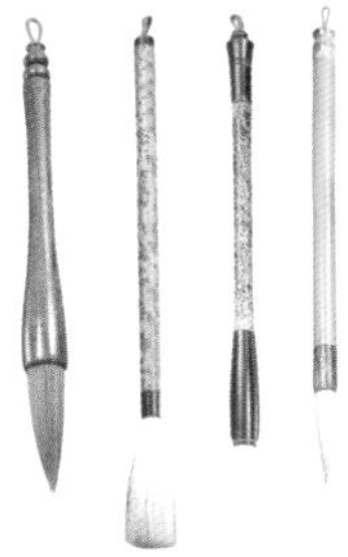

一支好的毛笔，笔杆要直，笔毫要具备尖、齐、圆、健四个条件。

①尖：笔毫聚合时，笔锋要尖；

②齐：将笔头蘸水后压扁，笔端的毛要整齐；

③圆：笔肚要圆润、饱满；

④健：笔毫要有弹性，重压后提起，能顺利恢复。

### 毛笔的使用

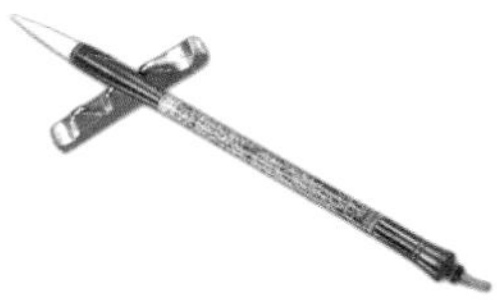

新毛笔要用温水泡开，用冷水泡笔，时间会比较长，太热的水会伤笔毫。每次使用毛笔前，要用清水浸透笔毫，挤干后再蘸墨汁。毛笔使用完毕后，要用清水顺着笔毫冲洗干净，然后顺着笔毫挤干或用纸、布吸去水分，最好笔头朝下挂起晾干，或者平放，待干后笔头再朝上竖着插进笔筒。

### 墨汁与墨块

墨是写毛笔字的必备材料，文房四宝之一。墨是用植物油或松树枝烧出的烟末调入胶和香料制成的。

墨锭和水在砚上磨出墨液，用于书写。墨锭一般为黑墨，也有作为国画颜料的各种色墨。黑墨根据制作原料的不同，有松烟、油烟、漆烟等品种。

为了使用方便，清朝末期出现了能够直接使用的墨汁。墨汁分为重胶型和轻胶型两大类。重胶型适于书写篆书、隶书、楷书，轻胶型适于书写行书、草书。

### 宣纸

宣纸是中国书画的主要用纸，原产于安徽泾县。民国前泾县曾长期隶属于宣城（宣州），在宋代，宣城是书画用纸的集散地，宣纸因此得名。宣纸具有良好的润墨性、耐久性、变形性和抗虫性。

根据宣纸对水墨的不同反应与效果，人们把宣纸分为生宣和熟宣两大类。生宣润墨性强，易于产生丰富的墨韵变化；熟宣润墨性弱，使用时墨和色不容易洇散开来。

根据使用的需要，人们还生产出不同规格、不同花色的纸。

我们可以根据作品内容、用途和风格的需要，以及自己的喜好选择合适的宣纸进行书画创作。宣纸的制作是非常不容易的，我们要爱惜纸张，认真书写，不要浪费。

**砚**

砚是磨墨的用具，根据材料的不同，有石砚、砖砚、陶瓷砚、玉砚等。从唐代起，广东端溪（今属肇庆）的端砚、安徽歙县的歙砚、甘肃南部的洮砚和山西绛县的澄泥砚并称为“四大名砚”，其中端砚和歙砚名气最大。除实用价值外，砚台还兼有审美和收藏价值。

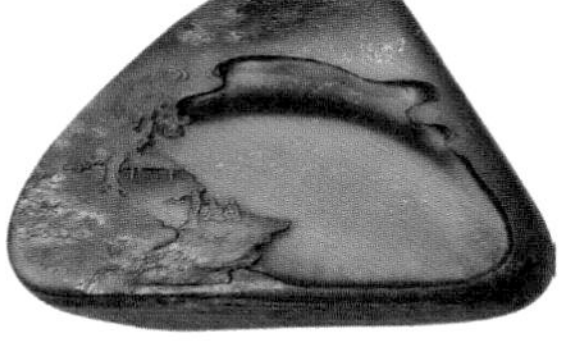

**研墨**

古人写字前需研墨。研墨的方法有讲究，不要太用力，要轻而慢，如同生病了一样，因此有“研墨如病夫”的说法。研墨时，墨锭要保持平正，不要倾斜，也不要贪图快，避免墨汁溅出砚外。这样可以使磨出的墨液更利于书写，更好地表现书法之美。

写字前研墨，可以凝神养气、调节心境，获得良好的书写状态。现在我们有了方便使用的墨汁，写字前不需要研墨了，准备写字用具和读范字也可以起到调整心境的作用。

## 二、写毛笔字的身体要求

用毛笔写字时，无论坐着还是站着，都要做到身正、体松。身正，头、肩、腰、臀、膝、足保持端正；体松，全身肌肉放松，没有一个地方紧张、僵硬。手只有在放松的状态下，才能灵敏地书写。写毛笔字，要使字有精神，富有美感，必须全身心投入进去，因此全身的协调很重要。此外，写字用的桌椅也很重要，高度要适宜，桌面不能倾斜，这样有利于良好书写姿势的养成。

**五字执笔法**

学习书法要注意执笔姿势。毛笔的执笔姿势有很多种，五字执笔法是常用的一种。五字执笔法是用擫（yè）、押、钩、格、抵五个字来说明五个手指的作用。写字时，五指各负其责，通力配合，才能执笔沉稳，运动灵活。五字执笔法的要领是手指捏实、掌心虚空、手掌竖起、手腕放平、笔管直立，也可以概括成：指实、掌虚、掌竖、腕平、管直。

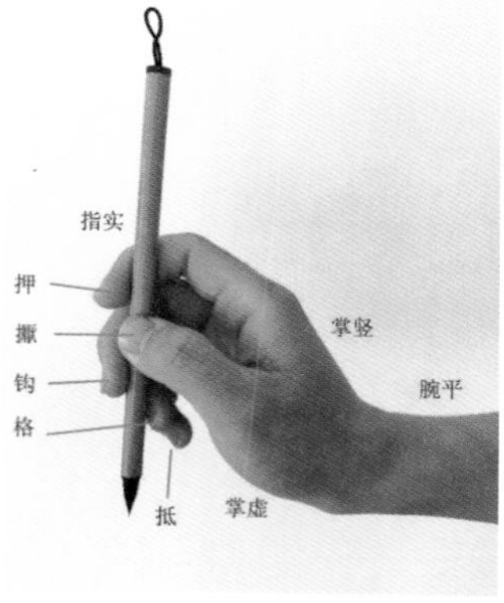

**枕腕、悬腕、悬肘**

写毛笔字时，手指、手腕、前臂、肘及上臂都会参与运动。为了使它们运用自如，更有利于书写，前人总结出枕腕、悬腕和悬肘三种常用的方法。

枕腕是写字时肘和腕都贴着桌案，或者将左手平垫在右手腕下，适用于书写小字。

悬腕是写字时肘着案而手腕离案抬起，适用于书写一寸左右见方的字。

悬肘是写字时腕和肘都离开桌面，适合书写较大的字，尤其利于行草书的连绵挥写。

枕腕

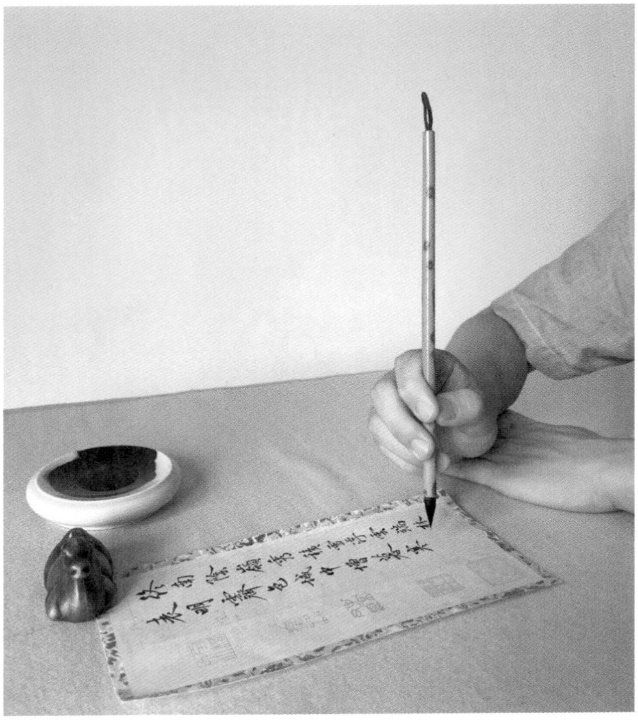

枕腕 2

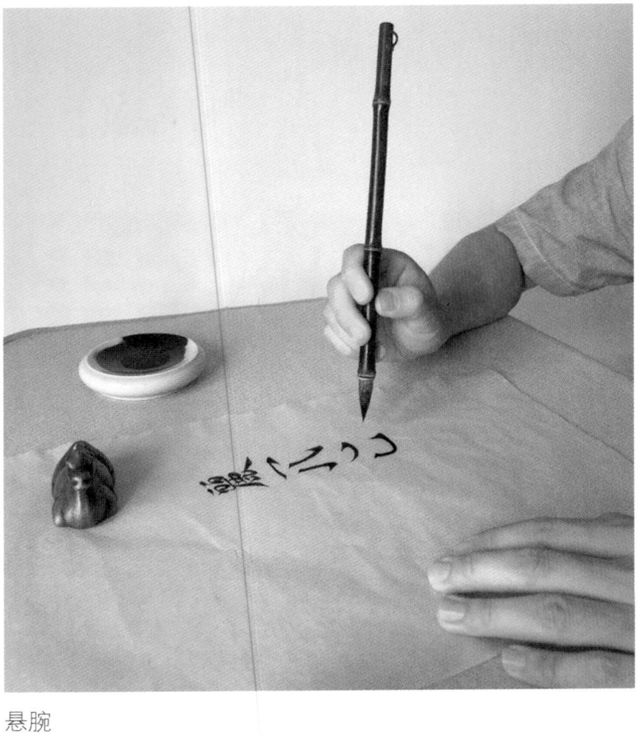

悬腕

悬肘

## 三、用笔

用笔是书法的基本技法，包括中锋、侧锋、藏锋、露锋，还有提、按、转、折、轻、重、疾、涩、曲直、方圆、内擫、外拓等，不同的字体有不同的运笔要求，应根据书写时所用的字体和书写者的审美要求，灵活多变地运用对立统一的法则，选择使用不同的笔法，写出笔法多变，风格谐调，气韵生动的书法作品。

### 藏锋与露锋

藏锋与露锋是指笔画起笔和收笔处的形态，以笔画起收时是否出现锋尖来区别。

藏锋的笔画显得稳重厚实，露锋的笔画显得灵巧轻快。

藏锋与露锋可以根据书写需要灵活运用，它们在楷书中的运用往往与字的大小有关系。一般来说，小字多露锋，大字多藏锋。当然，书法家在书写时也往往有自己的偏好，有的多用露锋，有的多用藏锋。

藏锋 – 山

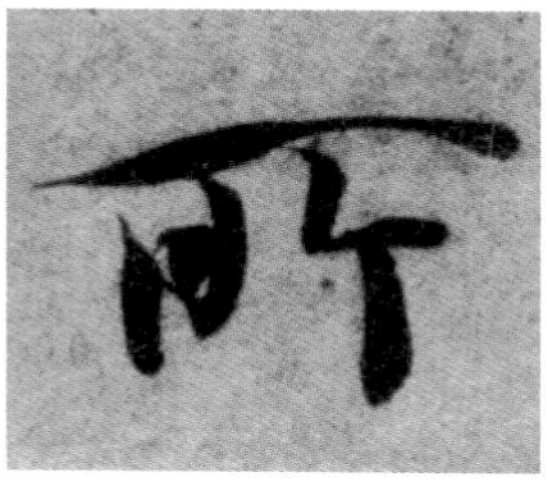

露锋 – 所

### 中锋与侧锋

中锋与侧锋是毛笔在书写时笔锋的两种不同状态。行笔时笔尖在笔道的中间称为中锋，行笔时笔尖偏于笔道的一侧称为侧锋。中锋行笔，笔画圆劲厚实；侧锋行笔，笔画俏丽活泼。

在楷书中，楷书的起笔、收笔常为侧锋，行笔多是中锋。因此，在起笔、行笔、收笔的过程中，中锋与侧锋往往自然地转换。即使是中锋书写的笔画，笔尖也不一定在笔道的正中间，很可能略有偏侧。因此，很难说哪一笔全是中锋，哪一笔全是侧锋，不必刻意注重中锋行笔，更不需要强调笔笔中锋。

中锋 – 奉

侧锋 – 郡

### 方笔与圆笔

方笔与圆笔的差别体现在点画的起、止、转折处。方笔棱角鲜明，显得刚健有力；圆笔不露棱痕，显得含蓄柔和。每位书法家的用笔特点各不相同，在方笔与圆笔上各有侧重。需要注意的是，有些碑刻上的笔画棱角过于尖锐，并不是书法家书写的原貌，而是经过刀刻后留下来的，书写时不必刻意追求。

方笔 – 魏

圆笔 – 佛

### 力透纸背

所谓笔力并非指蛮力，而是一种对毛笔熟练掌握的巧劲儿，需要对毛笔的笔锋和纸面的摩擦有敏感地判断和感受，在精神集中的状态下将笔画中的力量感表现出来。好的线条质感具有一种生命力，神、气、骨、肉、血，五者缺一不可。唐·颜真

卿《述张长史笔法十二意》："其用锋，常欲使其透过纸背，此成功之极也。"我们在书写时，应该将全身各个部位的力量传达到笔锋，最终穿透到纸背面，这样写出来的笔画才有力度。

## 四、结构与章法

### 结构

结构是根据书家的审美情趣和法度来设计点画用笔，并把这些笔画有机地组成一个整体，是书家在字符构形的基础上所做出的体势设计和塑造，是对字符进行综合的艺术加工。书法中的结构包括了"形"和"神"两方面的要求，最终强调了一个"活"字，字符是有生命的。具体而言，包含两个方面：一是安排字形的整体面貌，可以将字形写得或长或扁、或圆或方、或正或斜；二是安排字形中笔画、部件之间的关系，让各部分之间既有大小、疏密、轻重等对比，又成为相互关联的一体。学好书法不仅要写好每一笔，同时还要掌握结体取势的规律与方法。

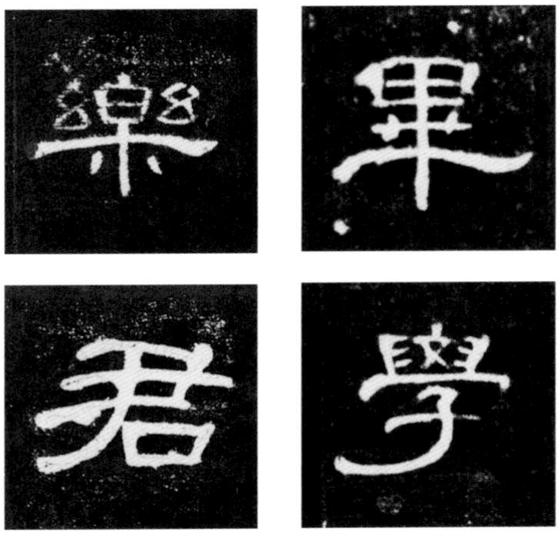


### 章法

章法又称"布局"，是对一幅作品做整体布局和统筹安排的方法，它包括对每个字用笔、结体、体势的设计，对字群的排布，对行款的处理，对印章的施用等等。好的章法能使作品在丰富的变化中显得和谐统一，让字与字之间、行与行之间协调地搭配。书法家的章法变化无穷，带给人不同的美感。有的茂密紧凑，有的疏朗空灵，有的整齐匀净，有的参差多变。

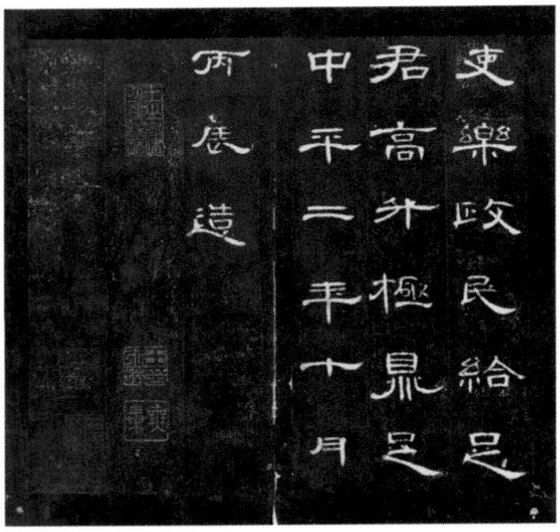


## 五、临习方法

### 描红

描红是一种习字方法，即在纸上印好笔画为红色的范字，练习者一笔一画地按笔画的形态在上面覆盖书写，力求与范字相合。描红可以有效提高书写者用笔和结字的技巧，是书法入门阶段的重要练习方法。

### 习字格

采用习字格临帖是练习书法的一种方法。常用的习字格有田字格、米字格、九宫格等。田字格较为简单，小学生练习铅笔字时一般会采用田字格。米字格与九宫格是练习毛笔字时常用的习字格，这两种习字格都是在方格中添加四条辅助线，因

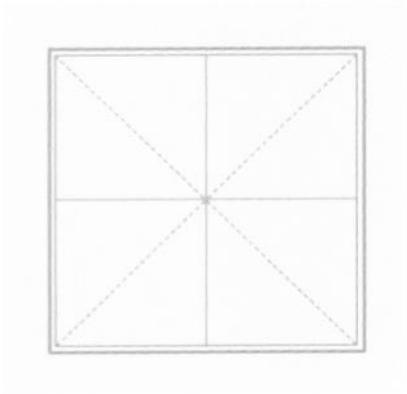
米字格

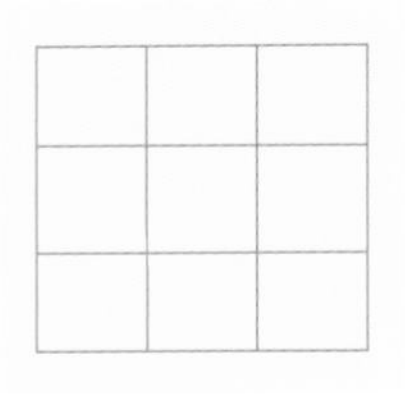
九宫格

为线的位置不同而各有特色。采用米字格临帖，有助于认识和把握字中笔画的方向和位置；采用九宫格临帖，有助于把握字中部件的位置及相互关系。

### 临与摹

临摹字帖是学习书法的必由之路，模仿前人可以学到写好汉字的方法与诀窍。临与摹是学习书法的两种不同方法。“临”是将字帖放在纸边或纸前，对照字帖临写；“摹”是用能透光的纸蒙在字帖上，依照显现的字形痕迹在纸上照样子写出。练字最好将临与摹结合起来。

### 对临与背临

对临与背临是两种常见的临帖方法。对临是在对照字帖，仔细观察范字的基础上进行临写；背临是在对临的基础上，对字帖有了整体认识后，不对照字帖，凭借记忆进行临写。对临可以加深对范字的认识与理解，背临可以检验对字帖的掌握程度，培养独立书写的能力。初学书法，以对临为主，以背临为辅。

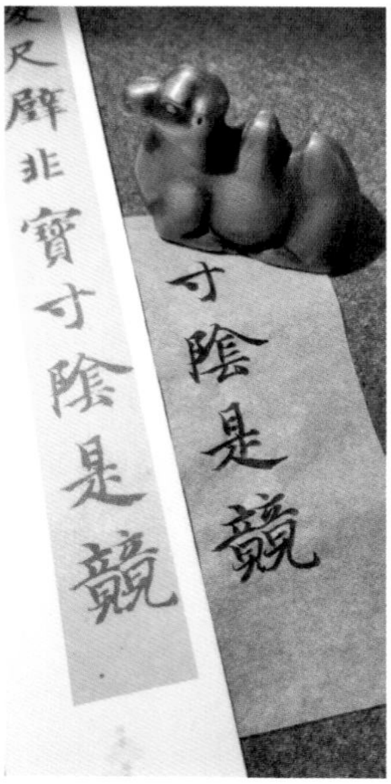


### 临帖小窍门

临帖的目标是通过学习帖中的范字来体会书法之美，同时提高自己的书写水平。

临帖不能只注重临写的数量。如果不用心，随意临写，方法不对，即便花了许多时间，临写了许多遍，书写水平也不会有大的提高。有些错误的方法如果长期得不到纠正，形成习惯，那就麻烦了。

临帖讲求效率，要掌握正确的方法，仔细读帖，认真分析，一笔一画力求准确，一笔完成。这样，每次练习都会有新的收获，才能更快地提高与进步。

## 六、集字

集字是指从书法家的作品中找出需要的字，重新排列在一起，形成新的作品。唐代僧人怀仁集王羲之行书所作的《大唐三藏圣教序》是著名的集字作品。

集字大多是从某位书法家的一幅或几幅作品中选字，为使集出的作品整体和谐，选字时要尽量选择字体与风格一致的字。

初学书法者，适合采用集字的方式进行创作。我们可以从经典碑帖中找出需要的字，集成作品范例，然后临写。

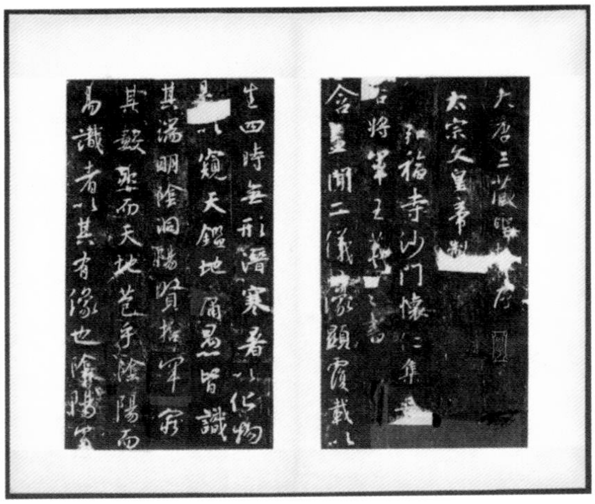

## 七、落款与盖章

### 落款

书法作品上的落款是指写完正文内容后题写的书写者姓名、书写年月等相关文字，一般在正文的左侧。如果作品是赠送某人的，还可写上对方的名号、称呼等。既有受赠人的名号，又有作者署名的叫“双款”，只署作者名的叫“单款”。落款是书法作品的重要组成部分，文字的多少、排布的方式、字的大小以及字体的选择都很有讲究。

### 盖章

一幅完整的书法作品需要包括正文、款字和印章。盖章一方面可以起到凭信的作用，另一方面，红色的印章丰富了作品的颜色，增加了审美情趣，如果印章的篆刻艺术水平很高，还会给作品增色不少。书法作品通常使用四种印章，即名号章、引首章、压角章和闲章。

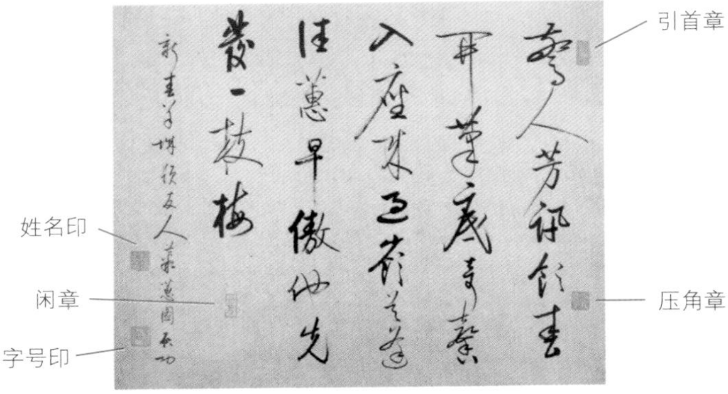


名号章：钤在书家署名的下边或左侧。居于下边时可以用一方，也可以用两方，有时为了平衡还可以加上闲章用到三方或三方以上。

引首章：一般钤在正文首行第一个字或第一，二个字之间的右侧。

压角章：一般钤在作品右下角，起到补空和平衡全篇的作用。

闲章：主要是用来平衡幅面的轻重虚实，一般用在幅面的两侧或中间补空。

名章　　引首章　　闲章

## 八、字体

字体，是指汉字在历史发展过程中形成的五种标准形式，即篆、隶、草、行、楷五体。每种字体在偏旁及构字部件的形态上都有相对固定的书写形态，自成体系。

篆书

隶书

草书

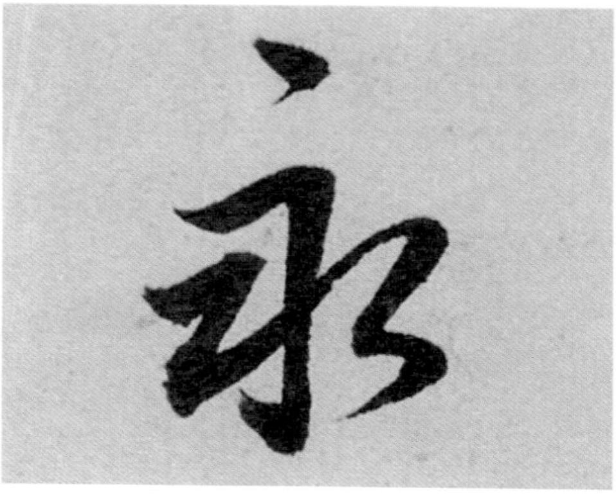

行书

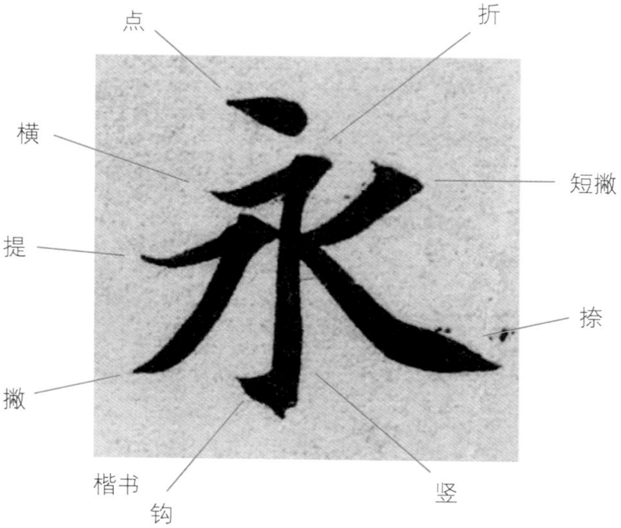


楷书

永字八法，是中国书法用笔法则。相传，东晋大书法家王羲之用几年的时间，专门写“永”字。他认为，这个字具备楷书的八法，写好“永”字，大部分字都能写好。正楷笔势的方法是点为侧，侧锋峻落，铺毫行笔，势足收锋；横为勒，逆锋落纸，缓去急回，不可顺锋平过；直笔为努，不宜过直，太挺直则木僵无力，而须直中见曲势；钩为趯（tì），驻锋提笔，使力集于笔尖；仰横为策，起笔同直划，得力在划末；长撇为掠，起笔同直划，出锋稍肥，力要送到；短撇为啄，落笔左出，快而峻利；捺笔为磔，逆锋轻落，折锋铺毫缓行，收锋重在含蓄。

## 九、碑拓

古代遗存下来的书迹中有不少石刻文字。为了方便学习和传播，人们用宣纸紧覆在碑版上，用墨捶拓，使纸上留下清晰的碑版文字，拓下来的文字称为碑拓。我们现在临写的黑底白字的范字大部分是从碑拓中选出来的。

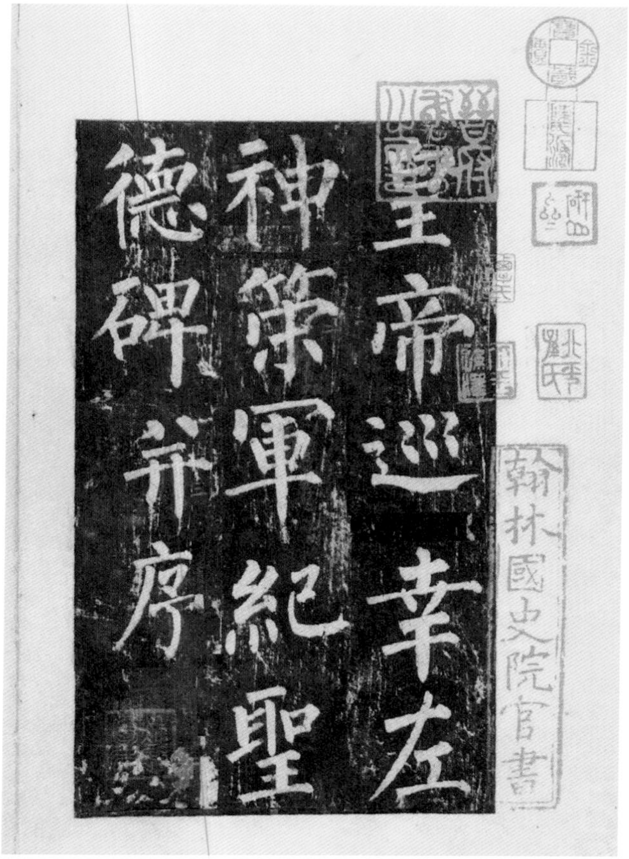


唐 柳公权《神策军碑》

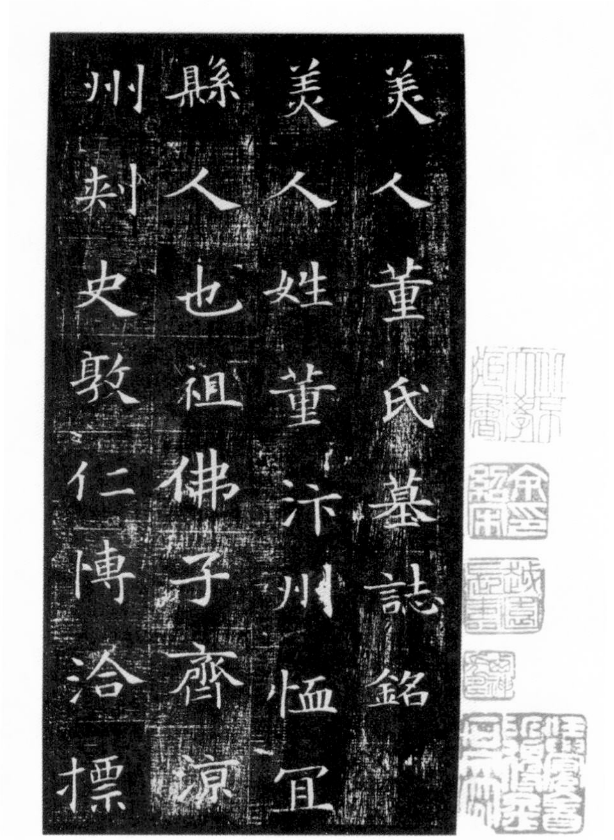


北魏《董美人墓志》

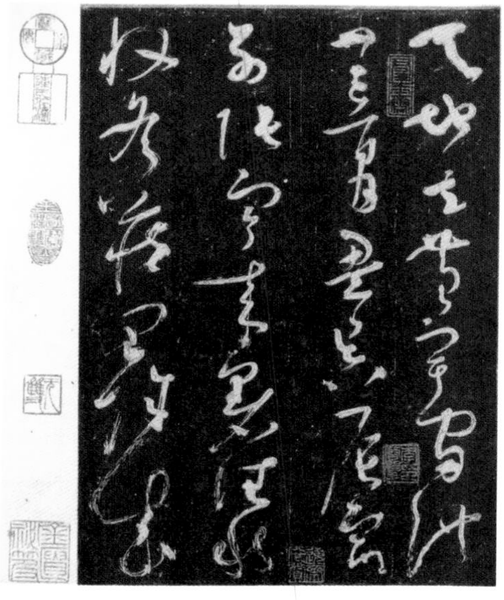

唐 怀素《大草千字文》

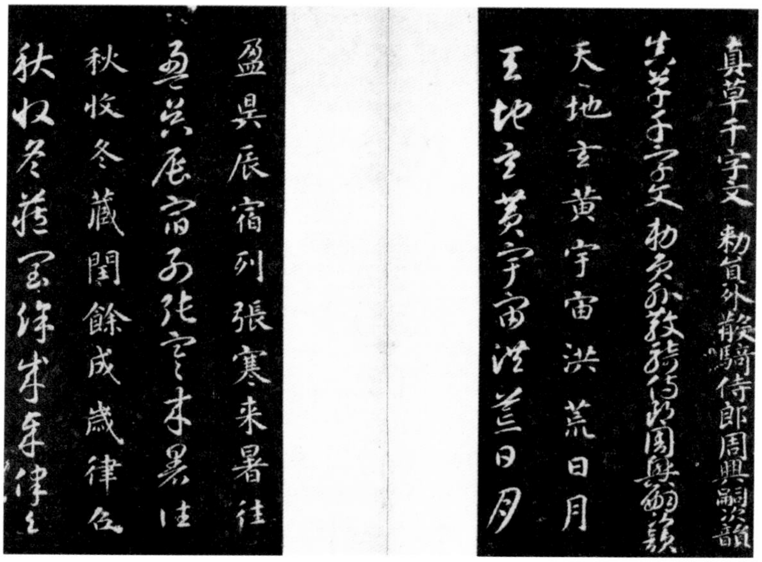


隋 智永《真草千字文》

# 《曹全碑》的特点

## 一、笔法

### 1. 圆润细腻

要点：①用笔圆润，起笔藏锋含蓄，行笔温润如玉，收笔轻巧细腻。②在书写时，应以中锋行笔为主，同时注意笔画间细微的提按动作。

### 2. 粗细合宜

要点：①每个字的笔画皆有主次之分，因此笔画与笔画之间应有一定的粗细变化。②而在一笔之内，起笔、行笔、收笔，不同阶段也需要有合适的提按动作，以写出《曹全碑》所独有的韵味。

### 3. 婀娜婉转

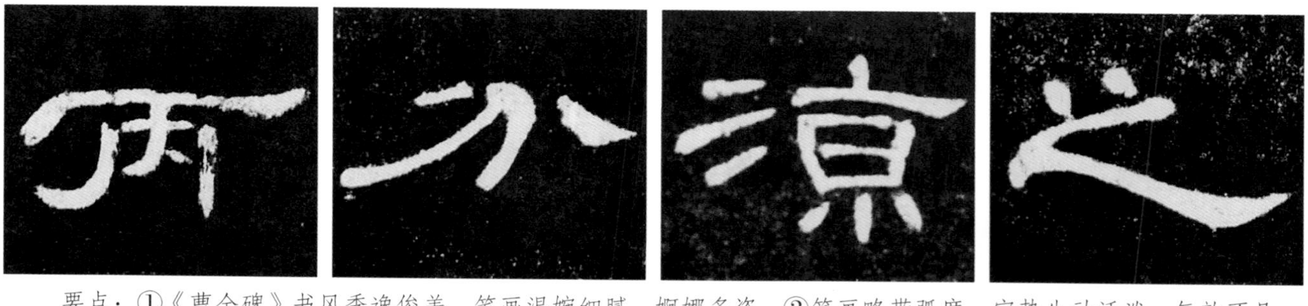

要点：①《曹全碑》书风秀逸俊美，笔画温婉细腻，婀娜多姿。②笔画略带弧度，字势生动活泼，气韵不凡。

4. 挺拔劲健

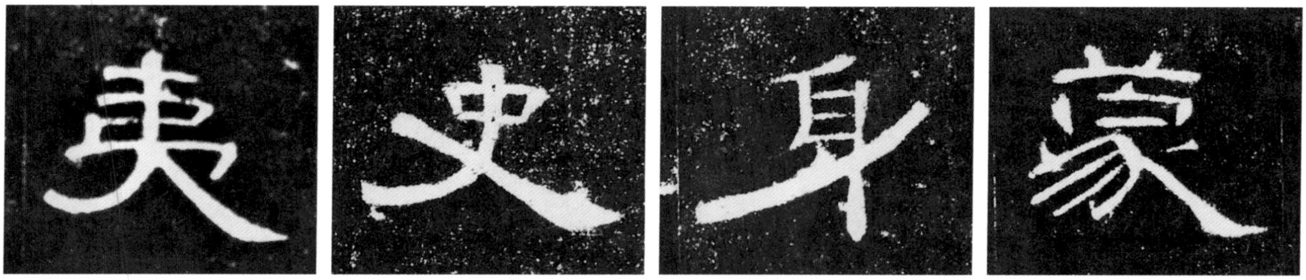

要点：①《曹全碑》整体书风给人以柔美之感，但也不乏一些挺拔劲健的笔画。②此类笔画或直或曲，或长或短，皆沉雄挺劲，入木三分。

5. 精微缜密

要点：①《曹全碑》中除了一些长笔画外，不乏一些细碎精微的笔画，很容易书写不到位。②在书写此类笔画时，需要将起笔、行笔、收笔的每一个环节都交代清楚，力送笔端，笔笔到位。

## 二、结构

1. 平稳端庄

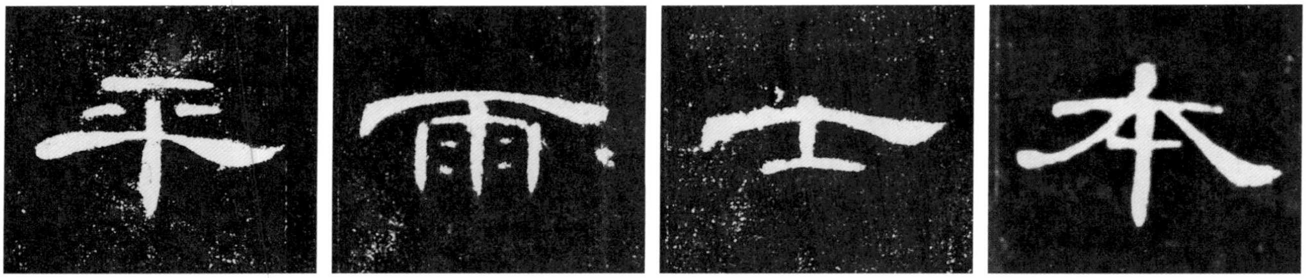

要点：①此类字基本上呈左右对称分布，横画大都比较平稳，主笔“蚕头雁尾”往往带有明显的一波三折的姿态。②需注意整体弧度，笔画中间部分为最高点，左右两端较低，基本保持水平，显得平稳端庄。

2. 宽扁取势

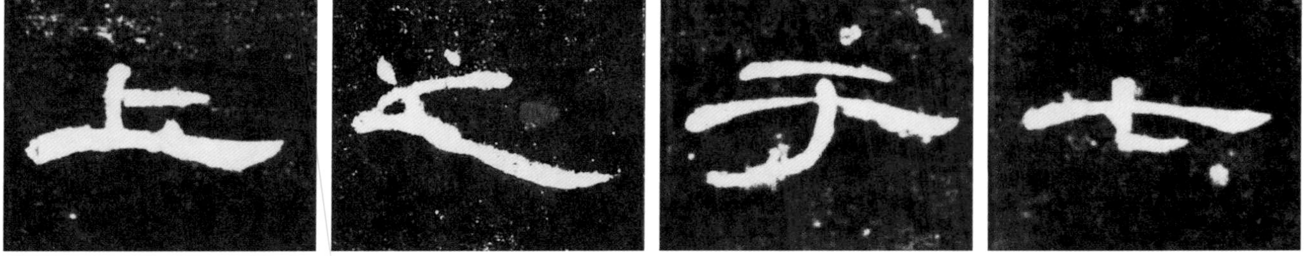

要点：①此类字整体基本型呈现为宽扁姿态，笔画左舒右展，体势开张。②书写此类字时，应注意竖画不宜过长，横画尤其是主笔尽可能舒展，斜向笔画的倾斜角度要平缓，不宜过斜。

### 3. 内紧外松

要点：①内紧外松是《曹全碑》重要的体势特征，中宫收紧是关键。②除了中宫收紧之外，主笔一定要尽可能舒展，形成一种强烈的疏密对比。

### 4. 左舒右展

要点：①隶书相较于其他字体，最明显的体势特征就是宽扁取势，因此很多笔画会向两侧拉伸。②撇捺往往以组合形式出现，此类斜向组合笔画往往是主笔，倾斜角度平缓，向左右两侧伸展。

### 5. 穿插避让

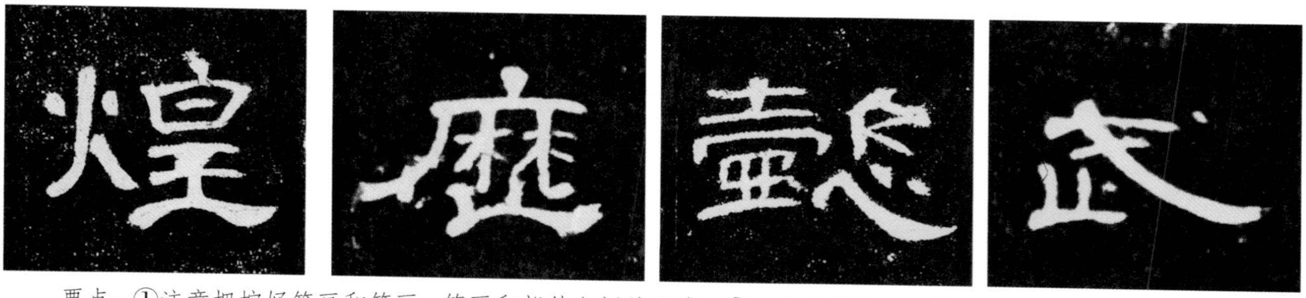

要点：①注意把控好笔画和笔画，笔画和部件之间的距离。②一个小局部里，笔画较多，既要将笔画写得紧凑，又不能粘到一起。

### 6. 同中求异

要点：①相同的两个或多个部件同时出现在一个字里，应根据具体情况加以变化。②这些变化不能太过突兀，只在一些细微处进行变化，要兼顾整体的和谐。

### 7. 斜中取正

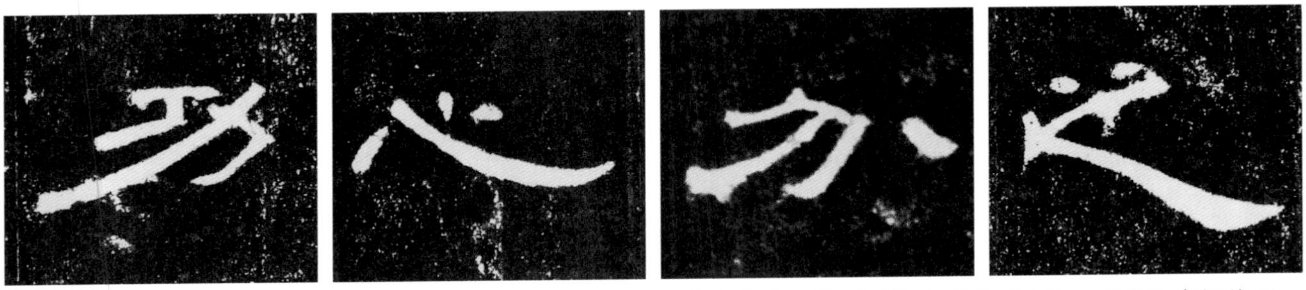

要点：①在《曹全碑》中，不少斜向的笔画能增强字的欹侧体势。②“功”右侧的“力”，“分”中间的刀，都打破了四平八稳的平正体势，追求险绝的姿态美。

### 8. 向背分明

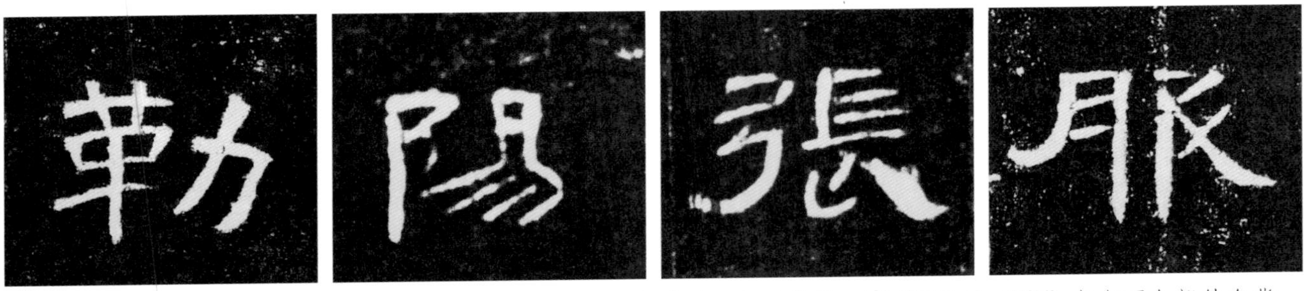

要点：①“勒”和“阳”左右两个部件相向，如两人见面，相互揖让。②“张”和“服”左右两个部件向背，如两人背靠，内紧外松。

### 9. 一反常态

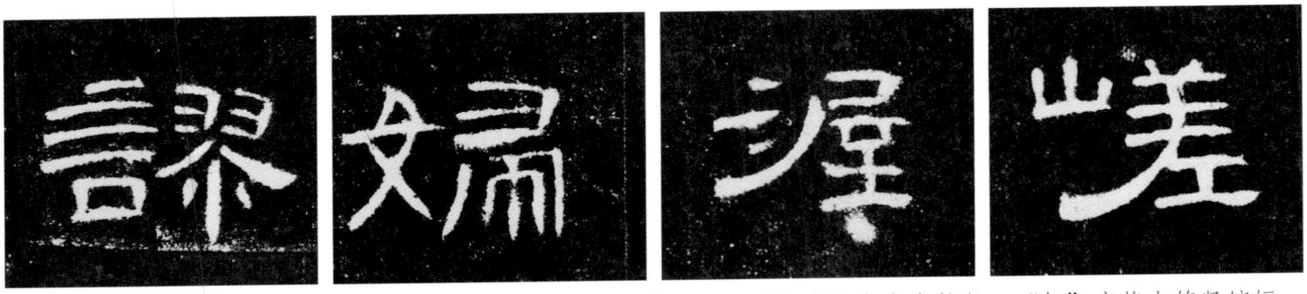

要点：①将某些笔画拉长或缩短，改变其原有的体势，如“谬”字将言字旁拉长，“妇”字将末笔竖缩短。②部分偏旁缩小并上移，同时将右侧部件撇画拉长，呈现一种新的姿态美。如“渥”和“嵯”。

## 三、章法

### 1. 字号适中不宜大

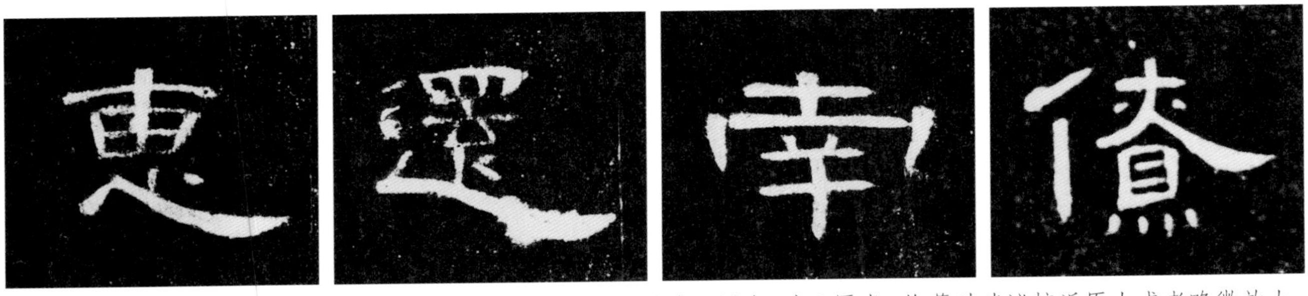

要点：①《曹全碑》整体的气质温婉秀逸，字的原大，约宽3厘米，高2厘米，临摹时建议接近原大或者略微放大，不宜写得过大。

### 2. 分布疏朗不宜密

要点：①《曹全碑》的字号原大并不大，宽约3厘米，高约2厘米，而原碑中字距达到约2厘米，行距约1厘米，因此《曹全碑》整体的章法分布比较舒朗。②《曹全碑》中很多字都是中宫收紧，主笔放开，如果字距行距分布过密，字中的长笔画就没有舒展的空间了。

### 3. 长短肥瘦各有态

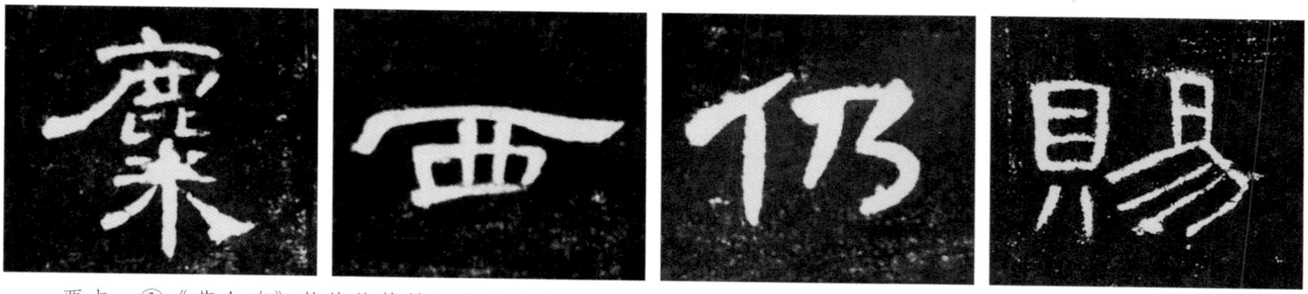

要点：①《曹全碑》整体体势特征为宽扁姿态，这也符合汉隶基本的体势特征。②但《曹全碑》中并不是所有字的基本形都像例子中的“西”，属于典型的宽扁形，其实各种基本形态都有，如“麇”字偏瘦长，“仍”字和“赐”字偏方形或者略微偏扁。

# 《曹全碑》笔画

## 笔画与例字

### 1. 点画

**圆点**要点：①圆点要写得圆润，厚实，有分量；②起笔要藏锋，行笔距离不宜过长；③要有明确的方向感，起笔、行笔、收笔逐步由粗到细渐变。

常见问题：①笔画过长，如“之”字左侧的点画；②笔画书写单薄，不够沉实有力，如“际”下面左侧和右侧的两个点画，中间不够饱满；③圆点起笔不圆润，如“封”字的点画起笔过方；④藏完锋后要注意行笔方向，如“封”字圆点的方向不是往右，而是略往右上。

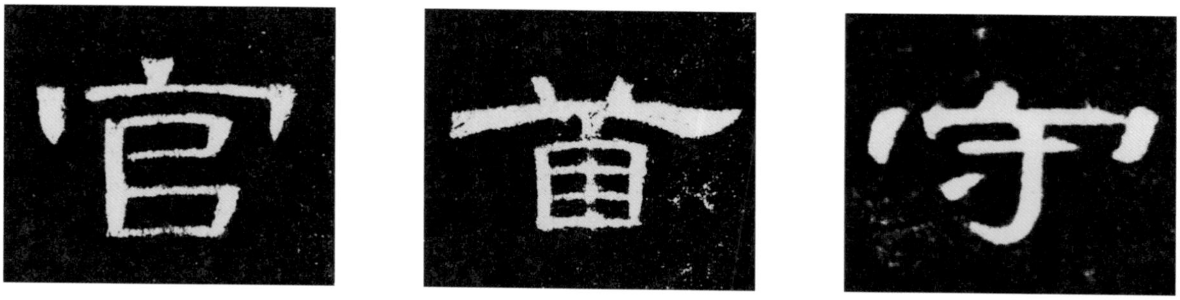

**方点**要点：①起笔不要有明显的圆转藏锋动作；②藏锋后运用方折起笔，方茂古朴；③中锋行笔，笔画敦厚有力。

常见问题：①起笔书写成圆笔的效果，不够硬朗，如“官”；②笔画写得过细，笔腹没有压下去，不够沉厚，如“首”；③注意行笔方向和笔画形态，如“守”字宝盖中间的点应略往左斜，再短粗些。

**长点**要点：①长点较圆点更加修长；②起笔要藏锋，行笔有一段距离，收笔要到位；③笔画粗细、弧度合宜。

常见问题：①长点写得过长，如“处”字上面的四个点画；②注意具体笔画的细节，如“兴”的左边长点末端略飘，要力送笔端，右侧长点弧度应略往内侧弧，而不是往外；③笔画过于凝重，如“除”字右下三个点画，要再轻松活泼些。

**点的组合**要点：①两个点的组合既要对称，又要有一定变化；②《曹全碑》的三点水大都比较修长、圆润；③四点底注意整体水平，布白均匀，左右对称，注意方向性。

常见问题：①具体点画形态不够准确；②三点水容易写短；③四点底容易排列不整齐，不均匀。

2. 横画

**平横**要点：①平横的整体趋势是水平的，不往右上或者右下倾斜；②横画可直，亦可往上略带一点点弧度；③注意起笔、行笔、收笔都要圆润挺劲。

常见问题：①“君”字中间横画整体是水平的，略带一点点弧度，弧到中段应往右下弧，而不应该继续往右上走，导致整体往右上倾斜了；②“先”字上面平横起笔处不应下坠，下边缘线是平的，平横末端收笔处要轻收，不宜过方；③“事”字横画较多，注意下部横折的横应该是水平的，和下面的带弧度的横产生变化，而不应也带往上的弧度。

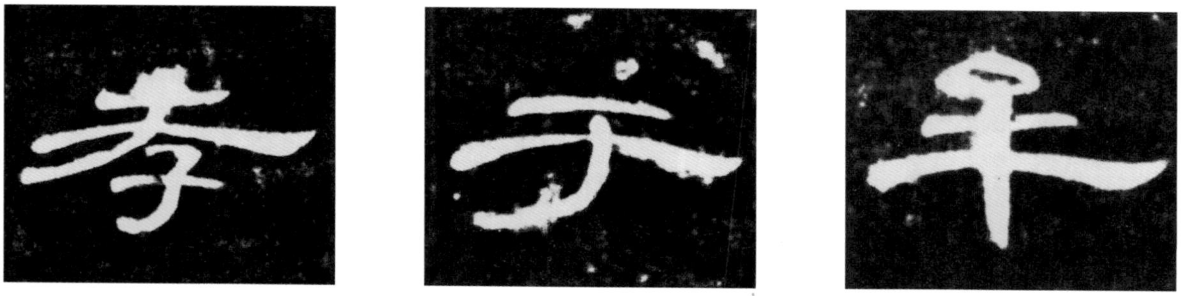

**圆笔长横**要点：①注意起笔处藏锋要藏得圆润；②行笔一波三折，注意整体还是保持水平走势；③笔画粗细的渐变要自然，显得秀逸灵动。

常见问题：①“孝”字主笔为圆头起笔，注意藏锋的动作要圆润含蓄，不宜过方；②“于”字主笔起笔处也偏方了，而且起笔处外轮廓边缘线应往左下倾斜，而不应往右下；③“年”字主笔右半段行笔路线应往右下走，气息不够流畅，左右整体不对称。

**方笔长横**要点：①起笔处并不似刀切一样的方笔，而是方中带圆；②起笔处宜用笔尖逆锋入，然后往下轻轻折笔，铺毫向右行笔；③笔画一波三折的起伏较弱，较圆笔长横略平缓，比较方茂古朴。

常见问题：①“右”字长横起笔处应为方笔，往上拱的弧度宜平缓，起笔收笔粗细变化过大；②“世”字长横起笔处过低，应平缓些，中后段过粗，应和前面起笔处的粗细大体相当；③“年”字长横往上拱的弧度略大，应更加平缓，起笔太低，中后段略粗。

**短横**要点：①短横的排布往往较多，注意平行等距的关系；②短横的起笔、行笔、收笔的起伏不明显，没有太大的粗细变化；③短横根据所在的位置左中右分布不同，倾斜角度也相应地略有变化。

常见问题：①“拜”字左上角短横起笔略长，右上角短横起笔处过重，下面两个短横挨得太近；②“金”字好几个短横的笔画不够匀称，有抖动的情况，最下面三个短横都太长，不够平稳；③“贲”字上面为三个“十”的组合，几个红圈处并不相连，最上面的短横后半段不平，往下坠了。

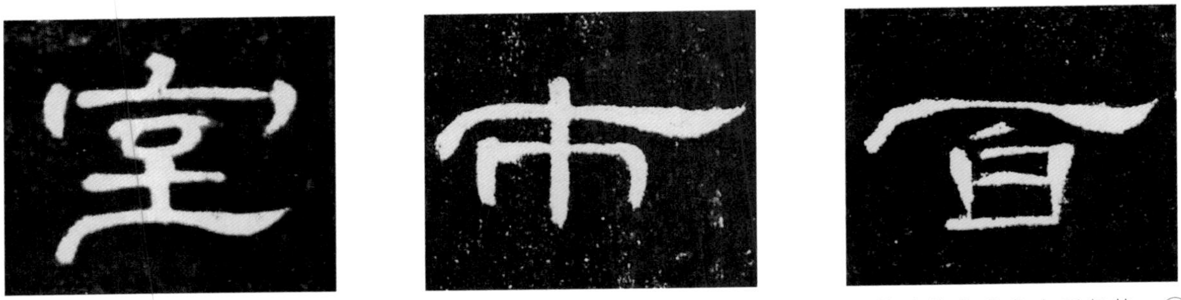

**曲头长横**要点：①起笔处藏锋的倾斜角度非常陡，从下往右上陡然翻上去，然后往右或者右下行笔；②笔画的最高点，有时候并不居中，而是会在藏锋完以后笔画翻上去的位置，相对偏左；③注意转折处要自然，不同曲头长横的笔画形态也略有变化。

常见问题：①“室”字曲头长横起笔处过于平缓，应该有一个较为明显的曲头折笔动作；②“市”字横画最高点应该在曲头之后，而不应该在正中间；③“百”字横画最高点应该在红圈处，横画应该更加舒展，增加和下面部件的收放对比。

3. 竖画

**悬针竖**要点：①起笔要藏锋，圆润；②行笔总的势是垂直向下，中段可以略有曲折；③末端边行笔边逐步离开纸面，但不宜过尖。

常见问题：①“殷”字竖画弧度方向反了，应该略往内弧，而不应该略往外弧；②“商”字竖画不够匀称，下部粗细过于突兀，末端应为悬针竖；③“际”字竖画太过于细长，应该更加厚重些，起笔处应更加圆润。

**玉箸竖**要点：①藏锋起笔，垂直向下行笔，行笔过程以直线为主，可以略带一点点曲折；②行笔过程中不要有明显的粗细变化，③收笔动作要轻，提起来回锋，圆润自然。

常见问题：①“阳”字双耳刀的竖画写得太长，还应再短些，整体应往内侧略带弧度；②“本”字中间的竖画不应该连写，下部为一个“十”字；③“毕”字竖画不够匀称，末端粗细变化过于突兀。

**短竖**要点：①起笔要藏锋圆润；②行笔长度普遍不是很长；③收笔有的尖收，有的圆收。

常见问题：①“所”字右侧两个竖画，第一个竖画上端和横画不应连接，最右侧短竖应更往左一些；②“在”字短竖上面起笔处一般不连，此处可以不连，但是整体应往上移一些，字的基本形为宽扁形；③“叔”字上面的短竖应有一个倾斜的姿态和粗细变化，下面的短竖应由细到粗渐变，并略往右带一些弧度。

**竖的组合**要点：①左右两竖成对出现，注意姿态，对称分布的情况比较多；②有的往里弧，有的比较直，有的往外弧；③注意两竖笔画形态的变化。

常见问题：①“曹”字下面“日”字左右两侧的竖过于平淡，应往里带有明显的弧度；②“布”字下面两个小短横应短一点，右侧的短竖应往外略带一些弧度，并且由粗往细渐变；③“祖”字右侧的且字左右两侧竖画应明显往中间收紧。

### 4. 波挑

**斜长波挑（含蓄）**要点：①注意行笔的倾斜角度及弧度；②注意收笔处的笔画形态为圆收，含蓄温润；③注意不同结构关系中，笔画的长短粗细变化。

常见问题：①“父”字撇画应该轻盈，此外，上面两点要收紧，下面撇捺舒展开；②“不”字中间两个小短撇写得太散，不够紧凑，撇捺起笔要往上升，倾斜角度要再大些；③“为”字上部的几个斜向笔画写散了，应该收紧，波挑笔画倾斜角度应该更加倾斜，长度也要更加舒展。

**斜长波挑（出锋）**要点：①起笔处或连或断，行笔弧度或往上顶或往下凹；②行笔过程中的笔画粗细变化要渐变自然；③笔画末端为出锋，有的轻盈，有的厚重。

常见问题：①“父”字上面两点要收紧，斜长波挑行笔时应往左上顶，略带一点弧度，写出一波三折的笔画形态；②“名”字波挑倾斜角度要更大些，笔画要更加干净清爽，出锋要更加爽利；③“各”字斜长波挑写得过直了，应该略带一点往下的弧度，末端太过含蓄，此处原帖为向上出锋。

**竖长波挑（含蓄）**要点：①前半段总体为垂直向下行笔，注意藏锋，中锋行笔；②中间阶段转弯处要轻盈柔和，以圆转为主；③后半段要注意行笔的角度、弧度，回锋收笔，圆润含蓄。

常见问题：①“于”字竖长波挑注意粗细变化，前半段起笔不宜过重，由轻逐步加重，产生粗细变化；②“学”字竖长波挑的前半段竖应该更加修长，下部的空间显得更加疏朗；③“夷”字竖长波挑下端，竖得应该再长一点，注意末端收笔处略带一点往左下倾斜的含蓄收笔姿态。

**竖长波挑（出锋）**要点：①注意笔画前半段、转弯处和后半段的笔画弧度；②注意笔画起笔处有的在横画里面，有的藏锋圆润，有的轻盈细劲；③注意笔画末端出锋处的笔画形态，尤其是粗细、方圆、长短及出锋角度。

常见问题：①“于”字竖长波挑注意前半段竖画有点往右倾斜了，而原帖应往左倾斜，末端出锋不够爽利；②“史”字竖长波挑的竖段不够长，末端应该为出锋，而不是回锋；③“李”字竖长波挑的后半段过于平缓，应往左下倾斜，末端为出锋，不应回锋。

**短波挑**要点：①注意不同的笔画形态整体特征，或长或短，或曲或直；②注意笔画的长短、粗细、方圆、倾斜角度等细节；③某些字里出现多个短挑，注意细微处的变化。

常见问题：①“伐”字短波挑过于粗重，末端太圆，应该整体轻盈有力，末端应为短波挑；②“职”字起笔短撇应有弧度，略向左上弯曲，戈部的短波挑在这里没有弧度，短快有力；③“以”字的短波挑起笔应略重，应有轻微弧度，末端应挑起来。

**5. 波磔**

**笔直**要点：①波磔笔画此类属于笔直一路，书写时笔画中段应保持笔直形态；②注意不同字中此类笔画的倾斜角度，长短、粗细等细微处的变化；③所谓笔直其实是相对带弧度的波磔而言的，并不是完全绝对的笔直，只是总的来看比较直，细微处多少都会略微带一点弧度，才显得自然。

常见问题：①“效”字波磔笔画即捺画，书写角度过于向右倾斜，角度应该小一些，且保持笔直的姿态，以及由细到粗的轻微变化；②“人”字波磔笔画，末端书写过于粗重，在书写中保持笔直状态，末端注意提按，有略微上扬的姿态；③“之”字波磔笔画，倾斜角度应该再大一些，向右下方延展，并注意末端的弧度。

**上弧**要点：①上弧的波磔笔画需要写出一波三折的动感来；②上弧波磔笔画弧度的大小，笔画的粗细、长短等笔画形态特征，都要根据具体的字相应来调整；③往往此类笔法属于舒展的笔画，需要其他笔画相应地收紧来配合，写出适度的收放关系。

常见问题：①“之”字捺画为上弧的波磔笔画，应通过提按动作表现出一波三折的姿态，同时中宫收紧，撇画略微上顶，给捺留出足够空间；②“延”字捺画注意弧度的变化，起笔略向上顶有轻微的弧度，行进中注意不要太过粗重，向右下角充分伸展，同时注意上部件要充分收紧；③“养”字波磔笔画虽短，但仍要有一波三折的曲线变化，并注意粗细变化。

**下弧**要点：①下弧波磔笔画往往出现在心字底和戈字部，且都是主笔，可以总结一下此类规律；②心字底的下弧波磔倾斜角度相对比较平缓，笔画整体修长；③戈字部的下弧波磔倾斜角度相对比较明显，笔画舒展圆润。

常见问题：①“忍”字中心字底波磔笔画注意起笔之后行笔的角度，倾斜应平缓，并注意粗细的变化，末端出锋略向上扬；②“心”字中波磔笔画注意起笔之后的向下弯曲弧度以及整体倾斜的角度，都较为平缓；③“咸”字戈部注意波磔笔画的弧度，略向下顶，倾斜较大，末端出锋略向上扬。

**转折**要点：①楷书的部分钩画的末端在隶书中的写法为波磔形态，即横画或者捺画的雁尾状；②楷书的“竖弯钩”笔画在隶书中，转折处可以写成一个明显的方折，和楷书的圆转截然不同；③注意“风”字楷书中的主笔“横折斜钩”，在隶书中有所变化，第一个转折为方折，第二个为圆转，这两点和楷书类似，但笔画末端的波磔和楷书不同，往右上方出锋。

常见问题：①“也”字书写整体应中宫收紧，尤其是前两笔，注意姿态不要过长，竖弯钩注意波磔形态，略向下倾斜，有平缓的弧度，并注意出锋的角度；②“风”字横折斜钩注意圆折的姿态，末端的波磔注意提按以及右上出锋；③“巴”字竖弯钩注意方折的姿态，尤其是竖画要略短，保持整个字宽扁的形态，雁尾通过提按动作在末端充分展现。

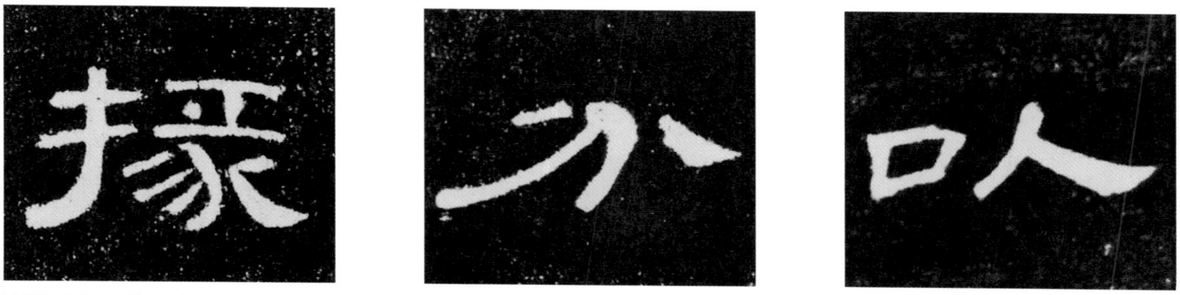

**敦厚**要点：①三个波磔笔画在字中所占的比例并不大，呈现出短促、厚重的特点；②“掾”和“分”的波磔笔画都是起笔处较细，然后由细到粗，有一个较为明显的渐变；③“以”的波磔是从短撇中写出，因此起笔处并不细，粗细变化亦不明显。

常见问题：①“掾”字捺画不可拖得过长，短促厚重的特点要充分展现；②“分”字捺画注意不可过细过长，由细到粗的波磔渐变应充分体现；③“以”字捺画波磔较大，且捺画整体应粗重，末端出锋应保持上扬的姿态。

6. 折画

**方折**要点：①方折笔画在转折处切忌绝对的方，要整体的方中略带点柔和的感觉，才贴近《曹全碑》的气质；②注意方折笔画中，横和竖的粗细变化，一般来说，横略细，竖略粗；③注意“横折”这类方折笔画在转折后，竖画的倾斜角度，或垂直向下，或略带倾斜。

常见问题：①“商”字的折画，注意折角是方折不出头，是平滑向下，毛笔保持中锋；②“竟”字的方折书写注意横画平缓并稍向下倾斜，略细，竖画略短且往左倾斜，不可过长，以免影响“日”部分宽扁的形态。③“史”字注意折画的折角为方折，不出头，横画平缓，竖画有粗细渐变，同时撇画与捺画要保持相对的平衡，中宫收紧，撇画不可过下，向左侧平缓出锋，保持整个字宽扁的形态。

**圆折**要点：①“司”字的横折从横画末端就开始往右下倾斜，竖画略往里内擫，转折处显得有韧劲；②“蜀”字横折钩省掉了钩画，竖画也往外有一个外拓的姿态；③“后”字右上部的第二个撇折外拓，右下部的横撇内擫，两处转折皆圆润。

常见问题：①“司”字的横折折角注意是方中带圆，不出头，把握好转角的弧度和力度，同时注意竖画向内擫的姿态和中锋行进的力度，不可过长，及时收笔；②“蜀”字折角不出头，更为圆润，横画较平，转角后竖画注意用笔写出外拓的姿态；③“后”字折角应把握好两个转角的外拓与内擫，左侧外拓注意用笔肚子向外顶，右侧内擫注意笔锋要轻提笔，向左侧推。

**提折**要点：①三个例字中的横折笔画，无一例外都是在横画的末端后重新另起一笔藏锋，略出头再往下行笔；②“君”字横画往右下倾斜，竖画往内侧倾斜，显得生动活泼，中宫收紧；③“定”和“室”的横折笔画，横比较平，提折笔画为小短竖，都略带弧度和往里倾斜。

常见问题：①“君”字横画注意起笔略重，由粗到细，保持中锋，向下倾斜，同时注意不可过长，保持整体字形宽扁的形态；②“定”字宝盖头中横画较细较平，要够长，提折后的竖画短小，向内倾斜的角度较大，粗细变化明显；③“室”字中宝盖头的横折中，横和竖中间连接处较细，似断似连，横画较平稳，小短竖微微倾斜，角度不大。

**断折**要点：①“国”字的横折，在横画末端出现了一个小空隙，然后再写竖画，显得比较透气；②“母”字的横折，横画末端和竖画起笔处似断非断，虚实相生；③“郡”字右侧双耳刀的“小耳朵”分成了3段，当然不排除碑残或者拓的问题，不过断开的感觉在客观上来看也能起到一定节奏感的变化，因此在临摹时可根据自身理解，可连可断。

常见问题：①“国”字横折横画较平缓，由粗渐渐到细，往下有一点弧度，注意与竖画连接处有“气口”，小空隙要保留，也不能过大；②“母”字横折中，横画向上翘起，连接处应该是似断非断的状态，并控制好竖画的力度；③“郡”字耳朵旁注意两个折角的处理，第一个折不出头，方中带圆，粗短有力，向内倾斜，注意不可过长，影响整个笔画的形态。第二个折注意起笔略粗，有一个小弧度，注意提按变化。

# 《曹全碑》常用偏旁部件

## 一、普通偏旁部件、例字

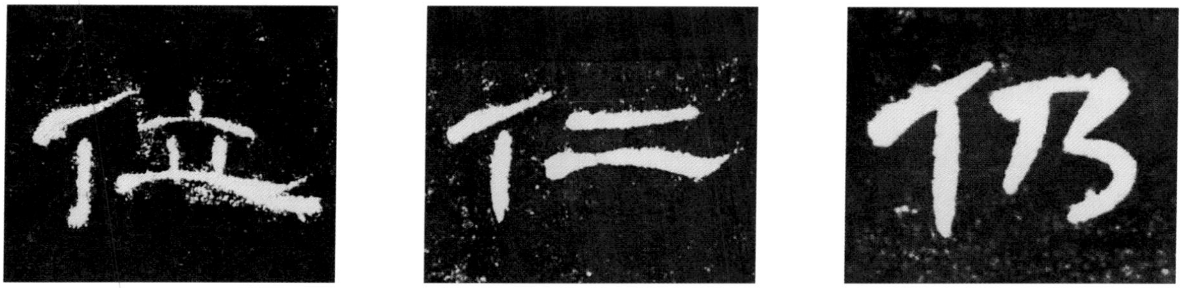

**单人旁**要点：①第一笔为撇画，一般来说我们应该从右上往左下书写，这样的笔顺更符合正常书写。②撇画在书写时，要注意由细到粗的渐变，并带有一定的曲线。③注意竖画起笔的位置大致在撇画中间区域，末端有时可以尖收，但应注意不要过于尖锐。

常见问题：①“位”字单人旁撇画不可粗重，应是起笔较细，从右上向左下轻推，粗细变化明显，竖画应靠左，整体和右部件留有一定距离，保持字整体宽扁的形态；②“仁”字单人旁竖画收笔不是圆笔，而是渐细出锋，不可过重过长，力送笔端后渐渐离开纸面即可；③“仍”字单人旁要注意撇画和竖画是连在一起而非断开，而且竖画较长有力，右边横画的起笔应和竖画的起笔处平齐，并有轻微的弧度。

**人字头**要点：①撇捺要尽可能舒展往左右打开，将下面部件完全覆盖。②注意撇捺的弧度，撇略微往下凹，捺较挺直，有的略微往上带一点上拱的弧度。③下面的部件一定要配合好，中宫收紧，整体的内紧外松的体势特征才能表现出来。

常见问题：①“金”字捺画并非完全用笔腹去按压，而是藏锋后运用中锋，保持挺立的姿态，完全舒展开后顿笔出锋，同时注意撇和捺两个笔画的平衡关系；②“令”字撇画，不可直挺，而是向下凹，注意出锋是向上轻挑，下部件中的短横应与上方更紧密，稍稍靠右，横撇也要向上靠紧，保持中宫收紧的态势；③“合”字的撇捺末端形态不准，撇画出锋有一个上挑的姿态，捺画右侧直接出锋，“口”不是靠左，而是中心线偏右一些。

**曾头**要点：①曾头点上面的组合有好几种形式，可以都横着从左往右书写，也可以都从中间往两侧书写，还可以都竖着书写。②注意横着书写的两种情况，起笔藏锋和末端轻收的动作要书写到位，有明确的方向感。③注意竖着书写的两点都往里略带一点倾斜，藏锋要圆润，粗细变化不明显。

常见问题：①“冀”字上的两点并非平直推动的形态，应是左侧点向右下书写，粗细变化明显，右侧点向右，末端轻收；②上图中“曾”字两点是从中间向两侧书写，由粗到细渐变，两点中间留的空隙不可过大，下面的田部竖画应在中线的位置上，左右两侧竖画应向内倾斜，不可过于方正，日部的起笔位置与田的左侧竖画在一条线上；③“前”字中上面两点为圆点，藏锋圆润，两点并不是垂直向下，均稍稍向内倾斜。

**小字头**要点：①注意笔顺原则为先中间后两边，先写中间的竖，再写左侧的点，最后写右侧的点；②中间的竖画以及左右两侧的点画，在长短、粗细、方圆等方面都有一定的变化；③注意整体大致左右对称，根据具体字基本型来决定第一笔竖画起笔位置的高低。

常见问题：①“常”字“小字头”中间的竖画要稍长，左侧点画应从左向右上轻提，右侧点几乎和左侧点平齐，同向右方轻提；②“光”字“小字头”竖画和旁边的两点距离不可过大；③“尚”字“小字头”竖画起笔不是藏锋的圆头，而是切为方笔，左右两侧点画方向是从中间向两侧渐变轻提。

**罒部**要点：①注意第一笔，可以写成横，也可以写成撇。②注意中间的三个点画要在一条水平线上，间距要大致相等。③注意上面的横画可以平缓（爵），也可以略带一点弧度（奚），下面的三个点虽小，可略带变化，同中求异，

常见问题：①“爵”字“罒部”第一笔应为横画，较细长平缓，三个点画均匀分布，为向右侧倾的斜点；②“受”字“罒部”撇画向内凹较平缓，不是斜撇，注意出锋的角度，三个点画在同一水平线上，分别是向右侧的横点，向下的圆点，向右下的斜点；③“奚”字“罒部”横画应平缓细长，由粗渐渐过渡到细，三个点画应为在同一水平线上的斜点，分布均匀。

**其脚**要点：①左右两点大致对称，在一条水平线上；②两个点画在长短、粗细、方圆、倾斜角度等方面略有不同，各具姿态；③两点在下部有时候不居中，会根据上面长横雁尾的伸展而略往右平移一点点。

常见问题：①“其”字横画是主笔，整个笔画较为平稳而不是倾斜，左侧藏锋可方中带圆，两个竖点起笔均为藏锋的圆头，这两点并不是居中的位置，应略向右平移，右侧的略长；②“六”字下两点在上部分长横的居中位置，整个字不是左倾，而是较为均衡对称，两个竖点之间距离不可过大，右斜点更长，倾斜角度略小；③“共”字下两点相对居中，与上部件竖画相对，左侧向右倾，右侧向左倾，且更长。

**三点水**要点：①《曹全碑》的三点水横向取势特征明显，会比其他汉隶的三点水略长；②注意不同三点水的三个点画的长短、粗细、倾斜角度会略有不同；③三点水有时候会往上收紧，如“济”和“凉”（古代“凉”写成三点水的情况很常见）。

常见问题：①“济”字三点水，均是从左到右较为缓和的长横点，第一横并不是近似楷书的向下倾斜，而是点较为平缓由粗到细，收笔不可过细过尖，较为圆润。第二横点倾斜角度较小，长于第一点。第三点略微向上倾斜，笔尖轻提；②“洗”字三点水三个横点向上收紧，但是长短粗细、变化明显，第一横点向上倾斜角度不应太大，较短较细。第二横点，明显长于上面，有明显的粗细变化。第三横点倾斜角度较大，略微向上有个弧度；③“凉”字注意三个横点的分布较为均衡，第一点由粗到细，较为平缓。第二点明显长于第一点。第三点与上点近乎平行，用笔圆润，右部件与三点水并不是紧挨着，而是中间有一定空隙，主笔长横平缓，起笔位置在前两点的中间，没有倾斜，而是较为平直的雁尾。

**土部**要点：①古代土字旁、土字底在右下方多写一个点画是很常见的写法；②土字旁的字一般都左窄右宽，土字旁不宜写大，给右侧部件留出足够空间；③土字底的字一般都上窄下宽，最后一笔很修长，将上面部件托住。

常见问题：①此“城”字土字旁带点，竖画不是直竖，应稍稍向左顶，有弯曲的弧度，右部件撇画并不带有弧度，而是竖直的姿态，由粗到细，主笔波磔应充分舒展，向右上角出锋，整个右部件向左靠近，整体字形上窄下宽；②此“城”字土字旁横画起笔藏锋，用笔圆润，由粗到细，第二横画明显长于第一横画，向上微微轻提，右部件与提土旁应有较大空隙，主笔捺画，应充分向右舒展，向右侧出锋；③“墅”字中的土字底，两横画过于倾斜，第一横不是向上顶的姿态，而是由粗到细变化明显的平横，第二横不是左下起笔向右上行笔，而是向右行笔，一波三折变化明显，同时较为修长，最后向右上缓缓出锋，注意一定要提笔行笔。

**王部**要点：①王字旁的字一般都左窄右宽，王字旁不宜写大，最下面一笔化横为提。②注意王字旁和王字底三个横向笔画大致平行，之间的布白大致相等。③注意“聖”字下部并不是一个王字，而是撇画，只是归到了“王部”。

常见问题：①“琫”字王字旁中间横画较长，第一个横画有由粗至细的轻微变化，最后一横是轻微向上的提，右部件整体较宽，重心偏右，三个横画不是上窄下宽，而是较为平行，起笔位置大致在一条竖线上，撇画捺画由细到粗渐变明显，部件“干”更为偏右；②“理”字王字旁布白大致均衡，左右对称，三个横画均略长，右部件“里”较宽，主笔长横弧度不明显，而是较为平稳，右侧上挑出锋；③“聖”字“王部”，左右对称，中间竖画在中心线上，第一笔横撇不能遗漏，而是从右至左渐细的短撇，第三笔横画以竖线为中轴左右对称，右侧平推出锋。

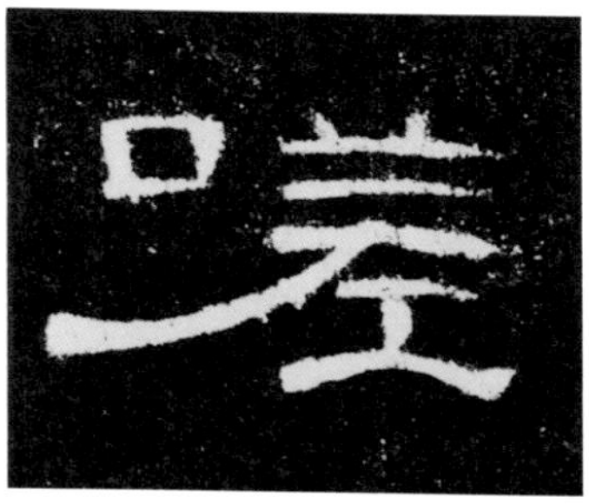

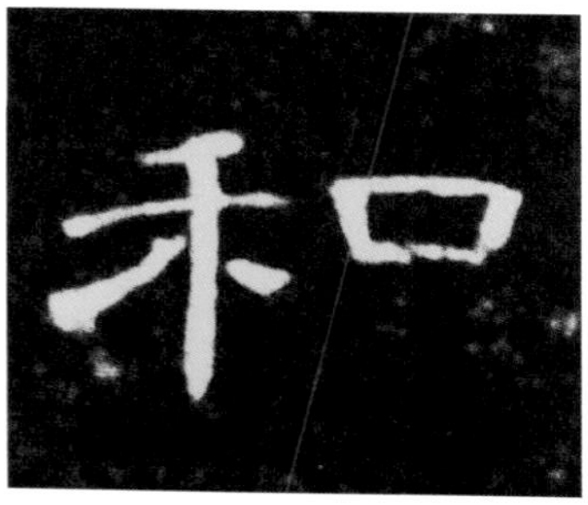


**口部**要点：①“口部”切忌写得横平竖直，注意横画大致平行，或者略带一点往上的弧度，两侧的竖画略微往内侧倾斜。②“口部”在每个字里面分布的位置皆有不同，或左或右，或上或下。③每个“口部”都要根据其他部件所占的空间来安排自己的空间，在大小、高低等方面都会做相应的变化。

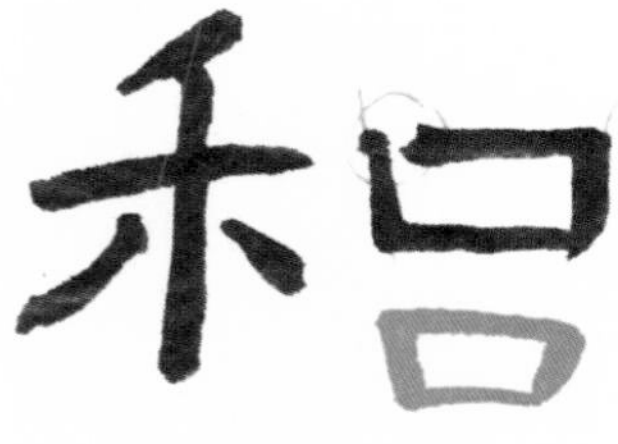


常见问题：①“嗟”字口部应位于字的左上角位置，上横画较细，右侧竖画向内倾斜，由粗至细渐变，下横画略微向上有弧度；②“右”字口部不是横平竖直的方块形，而是横画大致平行，上横画起笔与竖画是断开的，留有“气口”，两个竖画略微向内倾斜；③“和”字口部不是平正的“方块”，而是宽扁的姿态，上横画与竖画完全连接，没有断开的位置，有向上的轻微弧度，两个竖画相对横画较粗，往内倾斜，上宽下窄。

**宝盖头**要点：①大部分宝盖头的字要写得宽阔些，但“家”等个别字例外，因为有非常舒展的笔画，需要上面的宝盖头配合收一下；②注意中间的竖点位置居中，左右两笔皆为小短竖，大致呈对称分布；③注意不同宝盖头笔画的长短、粗细、方圆等变化。

常见问题：①“官”字“宝盖头”横画为主笔，应充分拉开，笔画较细，中间竖点不是竖点，而为方点，左右两侧均为由粗至细变化明显的小短竖，左侧起笔为方笔，中锋行笔，轻收，右侧短竖微微内倾；②“家”字“宝盖头”不应过大，而是中宫收紧，配合下部，让主笔捺画舒展开来，宝盖头横画不可向上倾斜，而是较平稳，两侧短竖向内倾斜；③“寅”字“宝盖头”主笔较长，由粗至细变化，略微下倾，横画与左侧竖画留有空隙，起笔为方切，左侧竖画向内倾斜，起笔也为方笔，右侧竖画内倾，起笔较为圆润。

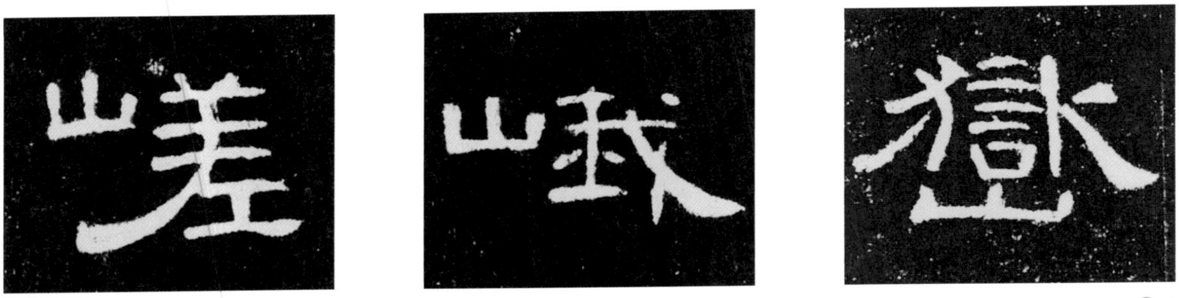

**山部**要点：①“山部”有的是“山字旁”，要写得窄一些；有的是“山字底”，要写得宽扁一些。②个别山字旁会根据字形需要，往上平移，如“嵯”字将山字旁往上收，将主笔撇画伸展到山字旁的下部。③注意“山部”三个竖画的长短和方圆有时候有非常明显的差异，注意这些细节。

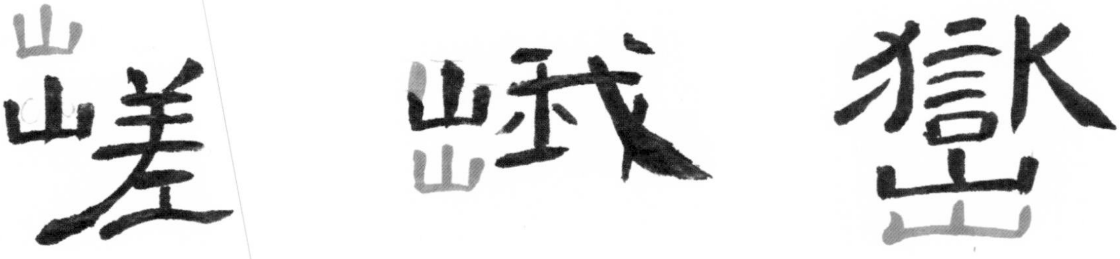

常见问题：①“嵯”字“山字旁”不在左侧，而是向上平移，位于左上角，三个竖画起笔应较为圆润；②“峨”字“山字旁”左侧竖画起笔位置应与中间的竖画接近，三个竖画起笔均是方切；③“岳”字“山字底”较为宽扁，横画起笔有微微向上顶的弧度，三个短竖起笔应各具姿态，左侧短竖向外倾斜，右侧短竖向内微斜。

**走之底**要点：①注意“走之底”的左边部件写为多个小短撇或者小短横的组合；②这些小短撇或者小短横大致在一条垂直线上，之间的布白分布比较均匀；③捺画为平捺，一波三折，舒展有力，右上部件往往收得很紧凑，整体内紧外松。

常见问题：①“逆”字中主笔捺画不可过平，应有轻微的上顶弧度后，向左下角完全舒展，要明显长于上部件，右侧出锋；②“迸”字中三点应各具姿态，主笔捺画不是平捺，而是一波三折，上顶有明显的弧度后，右下角上挑出锋；③“遭”字主笔捺画应较为细长，微微倾斜右下出锋。

**建之旁**要点：①《曹全碑》中“建之旁”和“走之旁”的写法几乎一样，要注意整体结构为内紧外松；②左侧可以写成四个短撇，也可以写成三个，主要看右上部件是长还是短来做相应调整；③末笔平捺极富变化，注意笔画运行中的粗细、曲直以及笔画末端的顿笔出锋处的方圆变化。

常见问题：①“建”字第一短撇应从右上往左下出锋，主笔捺画不为平捺，藏锋后微微上顶，向右下充分舒展，波磔笔画明显长于上部件的位置；②“廷”字左侧两个短撇不可倾斜过大，均应平缓，从右至左出锋，主笔捺画不是平捺，不可过短，而是由细至粗，充分拉开伸展，纤细的部分较长，在长于上部件之后，顿笔向右侧出锋；③“延”字左侧三撇不为平行关系，而是各具姿态，第一短撇较短，从右至左出锋，较粗重。第二短撇较平缓，从右至左出锋。第三短撇倾斜角度较大，从右至左，右上部件应向左侧靠紧，主笔捺画应起笔圆润，向右下充分舒展，明显长于上部件后，向右顿笔出锋。

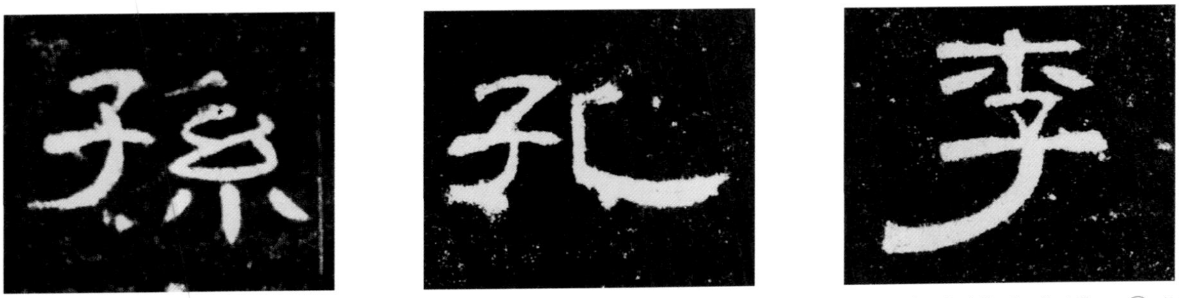

**子部**要点：①“子部”有的在左侧，要写得窄一点，给右侧部件留出足够的空间，如“孙”和“孔”；②“子部”有的在下部，如“李”，波挑笔画为整个字的主笔，需向左侧舒展；③注意“子部”的波挑笔画在不同字里面的笔画形态，各有不同。

常见问题：①“孙”字“子部”不应太宽，同时横折中横应该向上有轻微的弧度，波挑笔画不应向下，而是左侧平挑出锋；②“孔”字“子部”不可过于靠右，给主笔留出舒展空间，起笔靠左侧一些，波挑末端不是渐细，而应渐粗，收笔为方笔；③“李”字中下面的横画起笔、收笔均为方笔，波挑笔画应向左侧充分舒展，末端为方笔且有上挑姿态。

**左耳刀**要点：①“左耳刀”的字左窄右宽，注意左侧的横撇弯钩不要写得太大，要给右侧部件留出足够的空间；②注意横撇弯钩的笔画有连有断，在粗细、方圆、曲直等方面也都有一定变化；③双耳刀左侧的竖画上部可连可断，竖画的长短应根据右侧部件的长短来进行调节，下端收笔处可以轻收，但不能太过尖锐。

常见问题：①“除”字“左耳刀”过大，右部件空间太小，主笔无法舒展；②“阶”字“左耳刀”中撇画起笔不能短，应和横画一样高，并留有空隙，弯钩向内收紧，不可过大，向内收，给右部件留空间；③“师”字横画起笔为圆中带方，不可过于尖锐，弯钩的起笔与竖画相连，收笔圆润，留有空隙“气口”，左侧竖画末端由粗到细轻收。

**提手旁**要点：①“提手旁”的字左窄右宽，注意提手旁横画和提画的右半段要短，给右侧部件留出足够空间；②注意横和提起笔处有方圆变化，“抚”和“扶”比较圆润，“掖”相对比较方整；③竖钩末端可长可短，可以出锋尖收也可以回锋圆收，具体根据右侧部件来综合考量，要配合起来有一定变化。

常见问题：①“抚”字“提手旁”部件过大，导致右部件书写空间过小，整个字形成为方形而不是宽扁，竖钩末端回锋圆收不可过大；②“掖”字“提手旁”横和提起笔较方，提的起笔位置要长于横画，竖钩末端为出锋尖收，而非圆收；③“扶”字“提手旁”部件不可过散、过大，竖钩末端为方笔，但不可过于尖锐。

**右耳刀**要点：①“右耳刀”的竖画可以略往右倾斜，垂直书写亦可，不能往左倾斜；②“右耳刀”的横撇弯钩不必像“左耳刀”那样考虑右侧部件，而是可以往右侧舒展；③注意横撇弯钩的笔画都略带一点往外拱的姿态，显得圆融含蓄。

常见问题：①“郎”字“右耳刀”起笔位置不可过高，应稍稍低于左部件，部件不可过大，大小与左部件相宜，弯钩与竖画间留有空隙，有“气口”；②“部”字“右耳刀”与左部件之间距离不可过密，应留有较大空隙，保持整个字的宽扁形态，横画不可过长过直，而是往外拱，弯钩与竖画不应相连，而要留有空隙；③“乡”字“右耳刀”不可高于中间部件，横画起笔位置与左侧竖画平齐，折画与弯钩不应相连，要留有空隙。

**弓部**要点：①“弓部”有在左侧的，如“张”“弹”，可以将波挑笔画往左舒展，也有在中间的情况，如“襁”，左侧的波挑笔画要收紧，不宜太长；②“弓部”末笔波挑笔画的末端可以有各种变化，可以出锋也可以回锋，体现不同的审美；③注意上部的横画要做到平行等距，横画和竖画在长短、粗细、曲直等方面要略带变化，各具姿态。

常见问题：①“张”字“弓部”上部的横画不可上大下小，应平行等距，向上收紧，给末笔波挑留出空间，波挑应是出锋，不是回锋；②“弹”字“弓部”上部件不可松散，应收紧，第二、第三横画应是细长，倾斜角度更大，并保持平行关系；③“襁”字“弓部”注意第一个横折为方折，第三横画是向上倾斜，方笔起笔，长于第二横画，同时和左部件留有一定空隙。

**广字头**要点：①“广字头”的字属于左上包右下结构，注意不要包得太多，右下部件不要过于收缩，应舒展端稳；②“广字头”上部的点画在方圆、长短、大小等方面均有所变化；③注意“广字头”的撇画姿态各异，有的上收，如“墙”字；有的挺劲，如“广”字。

常见问题：①“墙”字“广字头”上部的点不为方点，应为圆点，稍稍出尖，横画起笔不应圆润，而是方切起笔；②“廉”字“广字头”横画不要包得太多，撇画上收，向内微顶出一个弧度，内部件与撇画留有空隙，不可偏左，整体应向右倾；③“广”字“广字头”上部的点画不可过长，应为方切，较短，横画起笔为圆中带方，由粗至细。

**示字旁**要点：①“示字旁”的字大都左窄右宽，“示字旁”的宽窄要结合右侧部件的宽窄来综合考量；②“示字旁”上面两个小短横，藏锋动作明显，收笔多轻收，整体略微往右上倾斜，并且略带点下凹和上拱的弧度；③“示字旁”下部的三个纵向笔画，注意把握长短、粗细、方圆、连断等变化。

常见问题：①“福”字“示字旁”两个短横不可距离过大，两者尽量保持平行关系，更紧密，左右部件不可距离过近，应留有一定距离；②“禄”字“示字旁”中两横画相距不可过大，右部件横画起笔不可高于左部件，应在一条水平线上，同时和左部件留有距离，不可过于紧密；③“祖”字“示字旁”撇画应向内弯曲，竖画由粗至细出锋后轻离纸面，右竖点倾斜角度不可过大，向下微微倾斜即可。

**木部**要点：①“木部”有的在左侧，如“根”“极”，左窄右宽；有的在下部，如“乐”，横画拉开为主笔，撇捺收缩为两点。②“木部”在左侧时，注意横画右端和点画要收缩，给右侧部件留出空间，撇画要注意出锋、回锋等变化。③“木部”在下部时，为宽扁姿态，横长竖短，竖画为对称轴，左右大致对称。

常见问题：①“根”字“木部”不可过大，不可向右倾斜，要给右部件留出空间，撇画略向上方出锋，长于横画，点画向内收缩，不可遗漏；②“极”字“木部”竖画由粗渐细，末端不圆润，撇画末端不是向下伸展，而是上挑出锋；③“乐”字“木部”中横画为主笔不可过短，应是横切方笔起笔，充分延长，运笔平直，末端波磔笔画略微向下，顿笔出锋，竖画为对称轴，左右两点分布均匀，左斜点向上靠近横画，右斜点起笔为方笔，较短。

**禾木旁**要点：①“禾木旁”的字，有的左窄右宽，如第一个“程”字；有的左右均分，如第二个“程”字和“和”字。②“禾木旁”整体来看，竖画左侧笔画长，右侧笔画短，给右侧部件留出足够空间。③“禾木旁”竖画的长短要根据右侧部件的高矮来进行调节。

常见问题：①“程”字“禾木旁”不可过大，以免影响整体字形，应收紧更窄一些，与右部件留有一定距离，竖画不可长于右部件，应与其平齐；②“程”字“禾木旁”横画不可粗重，应为细长，第一撇有明显向下的弯曲弧度，与第二横画距离不可过大，撇画末端有向上波挑趋势，竖画不应右倾过短，而要垂直向下，长于右部件；③“和”字“禾木旁”竖画不可过长，应保持整体宽扁形态，第一笔撇画末端有向上波挑趋势，横画之间不可过疏，应保持紧密收紧的态势，撇画由细到粗，末端为圆笔回锋。

**寸部**要点：①“寸部”有的在右侧，横画带雁尾；有的在下部，横画不带雁尾。②“寸部”在右侧时，竖画从横画中间附近穿过，点画比较敦厚，竖钩有出锋和回锋两种变化。③“寸部”在下部时，竖画从横画右侧穿过，点画为横点，体势较细长。

常见问题：①“讨”字“寸部”中竖画不应偏右，而应在中间位置，点画应在下部空间的中间位置，圆润厚重，微微上提出锋；②“尉”字“寸部”竖画起笔不是方笔，应是藏锋圆笔，竖钩的钩画不为方折而是圆角出锋；③“寺”字“寸部”不可离上部件过远，应向上收紧，三个横画之间的空间应分布均匀，竖钩不可厚重顿笔，应是圆角上挑轻提。

**贝部**要点：①“贝部”有的在左侧，左窄右宽；有的在下部，把上面托起。②“贝部”在左侧时，注意横画平行等距，横画有平和斜的变化，点也有短和长的变化。③“贝部”在下部时，注意横画略微带点弧度，两侧竖画都往内侧收紧，点画也不要过于对称，略增加些大小错落的变化。

常见问题：①“贼”字“贝部”不可过大，应给右部主笔留出空间，左上折角不为圆折，应为方折，右侧竖画不可出头，应为方中带圆，与横画紧密相连，由粗到细，末端断开，而非相连，中间横画也不相连，应有“气口”，底部两竖点应均匀在“目”的中心线两侧，左右部件留有一定距离；②“赐”字“贝部”左侧竖画为向内倾斜，中间的横画不可过短，底部两长点，应在上部“目”的中心线两侧，不可偏移，右部件要偏右给撇画留足伸展空间；③“贯”字“贝部”竖画应向内收紧，有弧度，右侧的竖画要短粗渐细，第一、第二横画与左竖画留有空隙，“目”的最后一个横画轻微上提，左点画偏右，右点画稍短。

**戈部**要点：①“戈部”的字，斜钩都写为一个非常舒展且略往下弧的波磔笔画，是整个字的主笔。②“戈部”的撇画，有的比较垂直，如“威”“域”；有的比较倾斜，如“戊”。③注意“戈部”的字大都内紧外松，中宫都收得很紧，波磔都舒展有力。

常见问题：①“戈部”的斜钩不够舒展有力；②“戈部”的撇画距离左下角的部件间隙过大，应向内收紧，③“戈部”的撇画角度不垂直，如“威”“域”。

**殳部**要点：①“殳部”有的在右侧，如“縠”“役”，基本型较窄；有的在下部，基本型略宽。②“殳部”注意上部的部件，横画略带往上的弧度，竖画往里收紧，下面一横右侧拉长。③“殳部”撇的角度较陡，捺的角度较平缓，撇收紧，捺舒展。注意撇、捺的笔画形态的变化。

常见问题：①“殳部” 上部部件第一笔不应出头；②“殳部”上部部件下面横太短，应向右侧拉长；③“殳部”在右下部撇的收笔角度不准确，应向左侧斜上方收笔，捺画过于粗重，应注意粗细变化。

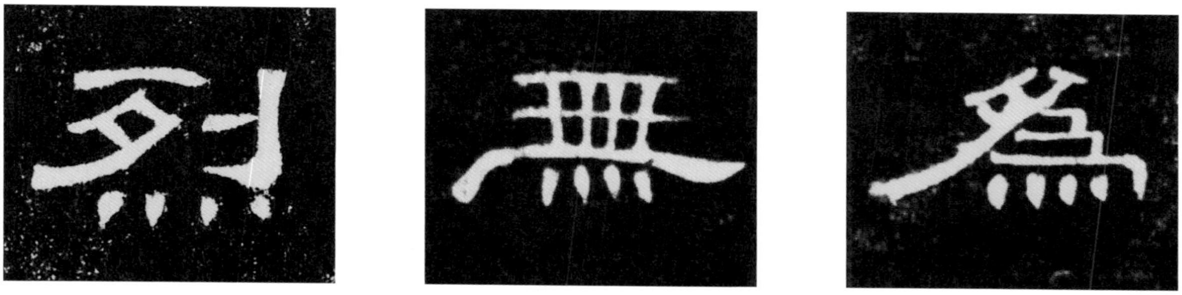

**四点底**要点：①“四点底”的字上宽下窄，注意四个点要在一条水平线上，不能错位。②注意四个点画之间的布白要大致均匀，不要有明显的疏密变化。③四个点画要根据上面的部件来调整其长短和粗细。

常见问题：①具体点画的形态不够准确；②四点底容易排列不整齐，不均匀，如“无”；③四点底大小变化太大，如“为”。

**月部**要点：①“月部”有的在左侧，如“服”“脓（膿）”，基本型较窄；有的在下部，如“有”，基本型略宽。②“月部”左侧的撇为竖撇，有的竖撇末端会往上收，横折的竖可以垂直向下，也可以略往左带一点弧度，呈内擫的姿态，显得中间紧凑。③“月部”几个短横和两个纵向笔画之间，不要都死死连起来，应该有一些断，表现出一种节奏感的变化。

常见问题：①“月部”左侧竖撇收笔形态不够准确；②“月部”两横画分布不均匀，与纵向笔画之间连得过紧，如“服”“有”；③“月部”竖画过于死板，没有呈现内擫的姿态，如“脓（膿）”。

**日部**要点：①“日部”有的在左侧，如两个“时”字，非常有特点，横画往右下倾斜，竖画往左倾斜，甚至第二个“时”字的横折用的是圆转。左右两边奇正相生。②“日部”有的在上部，有的在中部，如“景”字，注意横画平行等距，略带一点往上的弧度，竖画两侧往里倾斜。③注意“日部”无论是在左侧，还是在上部或者中部，横画和竖画之间注意不必完全连上，要留有气口。

常见问题：①“日部”在左侧和中间时形态略显呆板，两个竖画应略带弧度，且在左侧时应呈上窄下宽的姿态；②“日部”在左侧时中间的小短横与纵向笔画连接太死板；③“日部”在上部时过方，应扁一点，横画之间不均匀，应平行等距。

**火部** 要点：①“火部”有的在左侧，如“烬”“煌”，整个字的结构分布为左窄右宽。有的在下部，如“灾”，左右呈对称分布。②“火部”笔画不多，但非常有姿态，如两个点画的变化就十分丰富，有的往右，有的往右下，有的方，有的圆。③“火部”的撇捺组合也很有姿态，在左侧时，捺化为点画，要注意和右侧部件之间的穿插避让。在下侧时，撇捺左舒右展，呈对称分布。

常见问题：①“火部”的点具体形态不准确；②“火部”笔画过于粗重，粗细变化不明显；③“灾”字过于松散，应将“火部”与上面的部件凑近，同时将撇捺舒展，做到内紧外松。

**力部**要点：①“力部”在右侧时，如“勒”“动”（動），整体略呈往右倾斜的姿态。②注意“力”的笔画在起笔、行笔、收笔处的粗细、长短、方圆等变化。③“力部”在右下部（方）时，如“功”，将左侧“工”字上移并缩短横和提的右侧，同时将撇画作为主笔伸长。

常见问题：①两个斜向笔画间距过大，导致“力部”过于松散；②“动”的起笔处和横折的转折处不够圆润；③“力部”的撇应注意粗细变化。

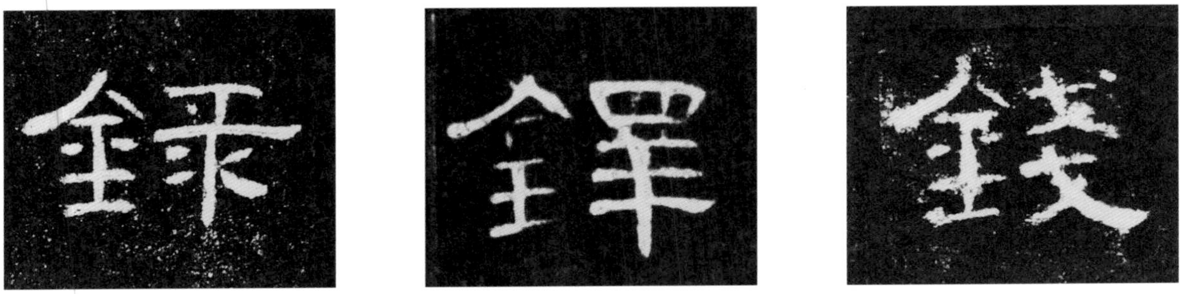

**金字旁**要点：①“金字旁”的字，基本结构分布为左窄右宽，并且金字旁右侧的笔画均有所收缩，给右侧部件留出足够的空间。②注意“金字旁”的写法有一些变化，两点往上移了一格，另外，注意中间“铎”（鐸）字“金字旁”的特殊写法。③注意金字旁的横画包括两点，要做到平行和等距，末笔可以是横，也可以是提。

常见问题：①“金字旁”在整个字中所占比例过大；②“金字旁”的撇过于厚重，应注意粗细变化，由细到粗；③“金字旁”的横画具体形态不准确。

**车部**要点：①“车部”在左侧时，如“辅”“转”（轉），需结合右侧部件来进行排布，左右两个部件要有所呼应。②“车部”在左下角时，注意把握好与右侧撇和斜钩两个笔画的距离，中宫收紧，内紧外松。③“车部”整体的粗细要和其他部件搭配和谐，如“辅”字整体比较圆润，“转”字整体比较细劲。

常见问题：①“车部”过宽，如“辅”，横折的竖画应略向内收；②“车部”中间“田”的布白不匀称，中间的竖画太短，如“转”（轉）；③“车部”左右不够对称，横画分布不均匀。在左下角时，与右侧部件间隙过大，中宫没有收紧，如“载”。

## 二、难点偏旁部件、例字

**反文旁**要点：①“反文旁”的字，注意反文旁的左侧要收紧，给左侧部件留出足够空间，右侧可以舒展。②“反文旁”一般情况下撇画的起笔处应该在上面小短横中间下方，这样就把上面中部的布白收紧了，捺画才能显得舒展有力。③《曹全碑》中“反文旁”的捺画大多为直线，如“攻”和“敞”，偶尔也会出现一波三折的曲线美，如“政”。

常见问题：①“反文旁”的横过长；②“反文旁”下面的撇画角度不够陡，起笔后应垂直向下再撇出去；③“反文旁”的捺画角度过于平缓，不够舒展有力。

**绞丝旁**要点：①“绞丝旁”的字，整个字基本型大都为左窄右宽，绞丝旁的右半部分要略收缩，给右边部件留出足够空间。②“绞丝旁”上部的笔画要略带点弧度，这些弧度形成一种往外鼓的张力。③“绞丝旁”下部三个纵向笔画，可以有长短、粗细、方圆等变化。

常见问题：①“绞丝旁”与右侧部件距离过大，如“纪”；②“绞丝旁”上下两个部件头重脚轻；③“绞丝旁”下面三点距离上面部件太近，应留有一定距离，且中间的点要在上部的中线上。

**立刀旁**要点：①“立刀旁”的字，大都左宽右窄，书写时要考虑左侧部件的位置，注意相互穿插避让。②注意“立刀旁”上部的横点和下部的钩画要有主次之分，如“刊”“别”都是上面点短，下面钩长，“副”是上面横点长，下面钩短。③注意“立刀旁”右侧竖画的长短、粗细，倾斜角度等变化。注意竖钩在转折处的方圆、粗细、长短等变化。

常见问题：①“立刀旁”的横点形态不准确，不够丰满；②“立刀旁”与左侧部件的相对位置不准确，没有做到避让；③“立刀旁”的竖钩粗细变化不准确。

**老字头**要点：①“老字头”的字，在隶书中撇画断开为两段，右上半段为左点或者小短撇，左下半段为撇。②横画舒展，撇画倾斜角度平缓，整体呈一个横向拉伸的姿态，符合隶书宽扁的体势特征。③注意主笔的蚕头雁尾整体要舒展有力，不同“老字头”的蚕头雁尾在起笔处、整体的弧度上都有一定变化。

常见问题：①“考”字右下角的点是石花，不应临出来。“老字头”小段撇形态不准确，过于厚重；②“老字头”的长横不应左低右高，导致整个字站不稳；③“老字头”的撇画连成一笔，没有分开，如“老”。

**风字框**要点：①“风字框”整体要开阔舒展，给内部部件留出足够空间。②不同“风字框”左右长短比例不同，“凤”字左侧的撇画收得尤其紧，整体呈左收右放的姿态。③注意主笔横折斜钩的转折处及弧度，“凤”字为提折，之后略往左竖一点点就往右下倾斜至末端顿笔出锋。两个“风”字的横折斜钩的斜钩部分，先竖至一半，再往右下斜向行笔，顿笔出锋，第一个“风”字顿笔较为明显，第二个“风”字则一带而过。

常见问题：①“风字框”过宽，如“凤”、第二个“风”字；②“风字框”左侧撇画过于伸展，如两个“风”字；③“风字框”的横画过直，应略带弧度；④“风字框” 横折斜钩不够伸展，粗细变化不准确，没有写出应有的姿态。

**竖心旁**要点：①“竖心旁”的字，隶书写法比较独特，受到篆书写法影响，右侧多一笔竖点，往内侧收紧。②注意“竖心旁”和右侧部件之间的穿插避让，往往右侧下部如果有蚕头雁尾的主笔，可以向左侧延展到竖心旁的下部。③注意“竖心旁”长竖左侧的短横比右侧的短横要高，最右侧的点画略往左收紧。

常见问题：①“竖心旁”四个纵向笔画分布不均匀，应平行等距；②“竖心旁”与右侧部件过于紧密，如“性”“恤”，应注意避让；③“竖心旁”长竖过短，不能把整个字撑起来。

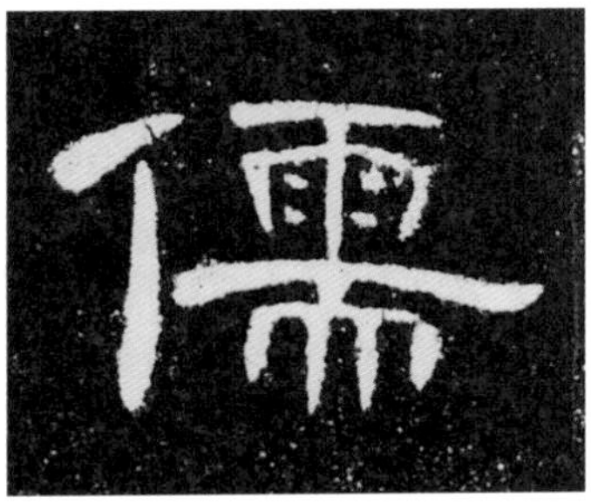

**雨字头**要点：①“雨字头”的字，大部分情况下，横画要舒展开阔，如“云”（雲）、“处”（處），也有特殊情况，如“儒”字，由于下部有主笔长横，所以“雨字头”就收缩了。②“雨字头”整体呈左右对称分布，整体基本形要结合下面的部件进行考量，如“处”（處）字最扁，“云”（雲）字略长，“儒”字相对最长（仍为宽扁形）。③注意“雨字头”两侧竖画的长短和倾斜角度的变化，注意四个点画形状的变化，注意“处”（處）字中间竖画上面没出头，横折两端也有连有断。

常见问题：①“雨字头”第一笔横及四个点长短、形态不准确，起笔收笔粗细没有变化，略显呆板；②“雨字头”中间的横不平，与右侧竖的联结处处理不准确；③“雨字头”第一横与下面部件的比例把握不准确；④“雨字头”左右不对称，如“云”（雲）。

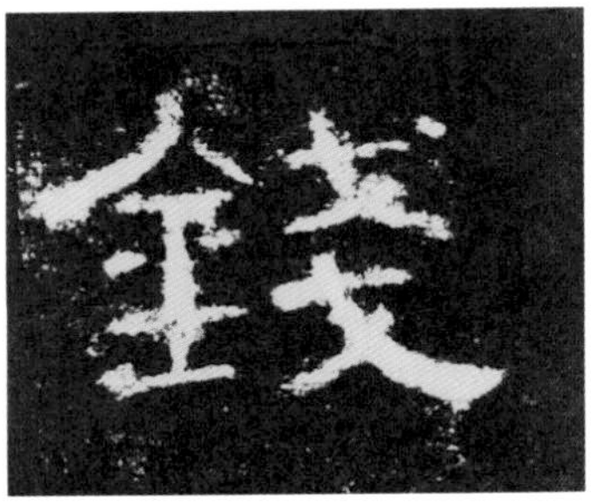

**戋部**要点：①“戋部”大都在字的右侧，如两个不同的“残”字、“钱”（錢），在古代通常写作两个“戈”的合体。②注意“戋部”上下两个部件布白均匀，下部略大，尤其是波磔笔画为主笔，舒展有力，将上部托起。③注意“戋部”相同笔画的方圆、长短、粗细、曲直等变化，写出生命力。

常见问题：①“戋部”上下两个部件布白不均匀，过于松散，如“残”；②“戋部”的波磔笔画过短，不舒展，上下两个部件应内紧外松；③“戋部”上下两个部件应注意大小的差别，下部应略大。

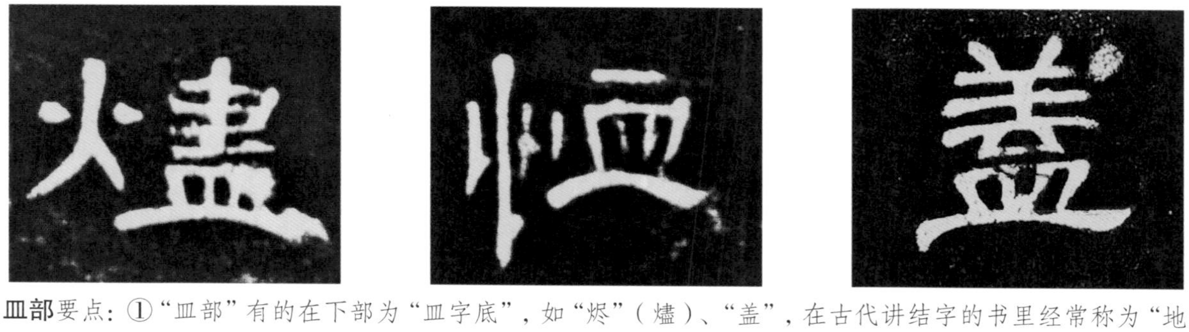

**皿部**要点：①“皿部”有的在下部为“皿字底”，如“烬”（燼）、“盖”，在古代讲结字的书里经常称为“地载”，也就是说要写得宽扁，尤其是蚕头雁尾要舒展有力，整个字像大地一样把上面的部件托住。②“皿部”有的在右侧，如“恤”，要注意整体的基本型没有“皿字底”那样宽扁，竖画略长，下部的蚕头雁尾也受到左侧部件影响，需有所收缩。③“皿部”注意竖画之间的布白要均匀，两侧的竖画均略往内收，显得横画更加舒展，整体呈内紧外松的体势特征。

常见问题：①“皿部”在右侧时过宽；②“皿部”竖画之间布白不均匀；③“皿部”下面的横起笔收笔处形态不准确，不够舒展有力。

**女部**要点：①“女部”有的在字的左侧，如“妇”（婦）、“姓”，整个字往往呈左窄右宽分布；有的在字的下部，如“安”，呈宽扁形，左右大致对称分布。②“女部”在左侧称为“女字旁”，属于左侧偏旁，应适当收缩其右半部，给右侧部件留出足够空间，③“女部”无论是在左侧还是在下部，横画分割开的上下两个布白应该大致均分。

常见问题：①“女部”在左侧时过大，应注意与右侧部件匀称；②“女部”横画分割开的上下两个布白不平均；③“女部”在下部时，横画过短，不舒展，起笔收笔处形态不准确；在下部时，撇的收笔处形态不准确，如“安”。

**言字旁**要点：①“言字旁”的字，在楷书中大都左窄右宽，但在隶书《曹全碑》中，都增强了横画往两侧延展的体势，因此《曹全碑》中的“言字旁”并不窄。②注意“言字旁”的横画大都左低右高，略带上弧，但整个字还要保证端稳，因此右侧部件的横画应相应略往右下倾斜，或者至少是水平。③注意“言字旁”的第一横短，中间三横长度大致相当，下部口略小，有的端正，如“谬”（謬）；有的横竖略带点倾斜体势特征，如“诸”（諸）、“谋”（謀）。

常见问题：①“言字旁”横画长度参差不齐，没有弧度，分布不均匀；②“言字旁”的“口”过宽过大；③“言字旁”的字右边部件过宽。

**草字头**要点：①“草字头”隶书的写法至少有三种：两个“十”，如“等”；两点一横，如“慕”；两个“屮”，如万（萬）。②注意“草字头”在古代隶书中正常情况下不会写成我们现在楷书简体字“艹”的写法。③以上三种写法，无论哪种，都要注意整体基本形要宽扁，左右大致对称。未来创作中遇到“草字头”，可以灵活运用这些变化。

常见问题：①“草字头” 的两个“十”间隙过大，导致“草字头”过宽，如“等”“万”；②“草字头”不对称，如“慕”；③“草字头”的竖画不匀称，起笔应注意方笔或圆笔。

**门字框**要点：①“门字框”的字注意左右大致对称，在隶书中，右侧的横折钩下面是没有钩的。②“门字框”的字左右整体大致对称，如“开”（開）、“间”（間）；偶尔也出现左右不对称的情况，如“阙”（闕），呈左窄右宽分布。

常见问题：①“门字框”过宽或不对称；②“门字框”转折处不够圆润，如“开”（開）；③“门字框”的小短竖略显呆板，收笔处应略细；④“门字框”的横画过平，没有弧度。

**双人旁**要点：①隶书“双人旁”的写法和楷书有很大区别，比较独特，左侧为“点＋横＋竖钩”的组合。②“双人旁”第一笔可以写成横点，如后（後），但也可以写成短撇，如“德”，而“役”字的第一笔呈一个“△”状，横点和短撇都有可能，我们保留两种变化的可能性。③注意第二笔横的粗细、长短、倾斜角度等变化，横和波挑转折处的细微变化，末笔波挑收笔处出锋和回锋的变化。

常见问题：①“双人旁”三笔角度不准确，没有依次向外伸展，如“德”字第一笔角度过于倾斜且略微厚重，第三笔起笔倾斜且不够伸展，略显单薄；②“双人旁”第二笔粗细、长短不准确，末笔波挑收笔处没有出锋，如“后（後）”；③“双人旁”细微处没有变化，如“役”第一笔没有呈 “△”状，第二笔横略粗，与第三笔起笔处挨得太近。

**心字底**要点：①“心字底”基本形为宽扁形，楷书中的卧钩笔画在隶书中化为波磔笔画，并且为主笔，要尽可能向右侧舒展。②注意“心字底”左侧点画和波磔的起笔处有连有断，波磔在行笔过程中也有曲直变化，波磔末端顿笔出锋的笔画形态有的柔和含蓄，如“慰”；有的出锋爽利，如“惠”。③注意“心字底”三个点画布白均匀且富于变化，中宫收紧，整体呈内紧外松的姿态。

常见问题：①“心字底”的字上半部分偏大，与“心字底”间隙过大，导致整体中宫不紧，头重脚轻；②“心字底”三个点画松散，捺画不够舒展，中宫没有收紧，如“慰”字；③“心字底”的点画不够圆润，点画之间的角度不准确。

**走部**要点：①“走部”有长短两种变化，“赴”的捺画相当舒展有力；“起”字则收缩捺画，变为一个小短横，让右侧“己”字的捺画舒展开来。②“走部”下面除了捺画外，其他笔画也有所变化，如“赴”写的是“之”的写法，“起”写的是“止”的写法。③“走部”的横画略微往右上倾斜，为了保证整体的端稳平正，下面的波磔以及右侧部件要相应的往右下沉，使整个字依然保持一个水平的姿态。

常见问题：①“走部”下面的波磔过于平缓，如“赴”的捺画起笔处没有向中宫收紧，导致捺画不够舒展；②“走部”的横画过长，角度过于倾斜，起笔不圆润；③当“走部”收缩捺画变为一个小短横时，笔画过于凝重，如“起”的“走部”下半部分。

# 《曹全碑》结构

## 一、独体字

### 1. 横画、竖画为主

要点：①横画、竖画为主的字，要符合隶书宽扁体势特征，横画尽量往左右伸展，竖画不宜过长。②多个横画在字中出现，需要做到平行和等距。③居中的竖画一定要垂直，两侧的竖画可以略往里收。

### 2. 斜向笔画为主

要点：①斜向笔画为主的字，要符合隶书宽扁体势特征，斜向的笔画，如撇和捺，倾斜角度要平缓。②斜向笔画为主的字，往往斜向笔画是主笔，需要尽可能舒展有力，其他笔画要注意中宫收紧。

## 二、上下结构

### 1. 上下均分

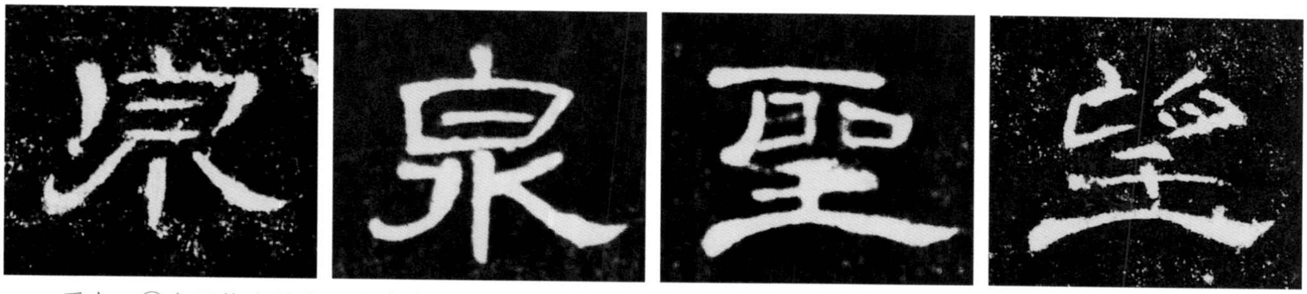


要点：①上下均分的字，注意上下两个部件，左右宽度可以有别，但高度大致相同。②书写前，整体观察字的结构比例，控制好纵向笔画的长短，做到大致上下均分。

### 2. 上扁下长

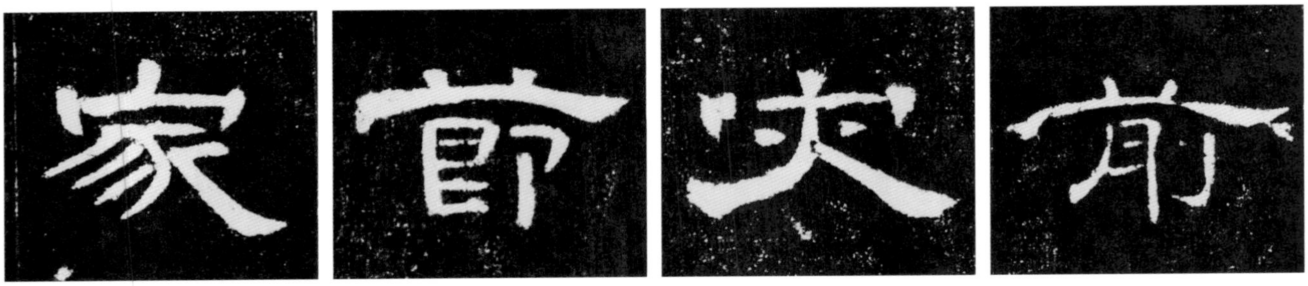

要点：①上扁下长的字，注意上面部件的纵向笔画往往较短，上部整体宽扁，给下面部件留出足够的空间。②上扁下长的字，下面的部件往往笔画较多，既要和上面的部件衔接好，又要注意上下两个部件的整体关系。

### 3. 上长下扁

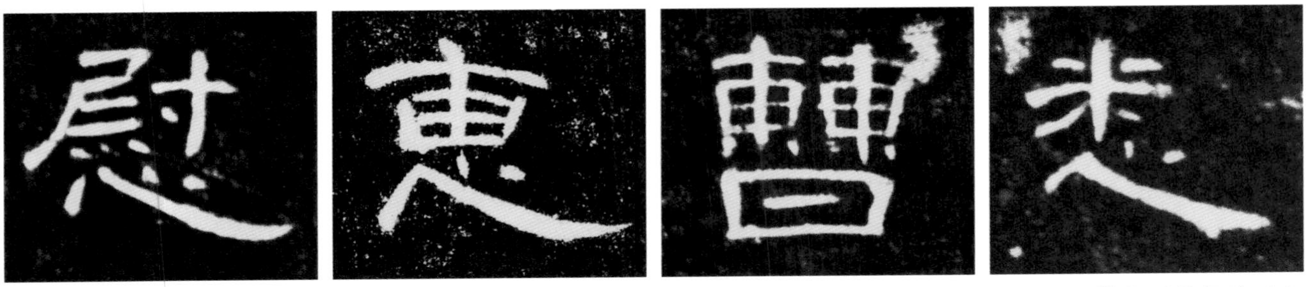

要点：①上长下扁的字，上面的部件要注意整体的高度，给下面的部件留出合适的空间。②上面的部件不宜写得太扁，否则下面留的空间太多，显得上面过紧，下面太松。③上面的部件也不宜写得太散，否则挤占了下部的空间，会导致下部空间不够用。

## 三、上中下结构

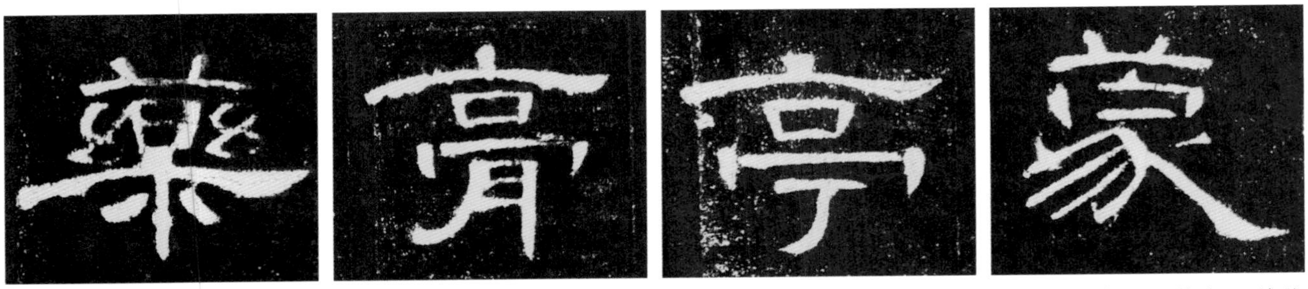

要点：①上中下结构，此类字往往笔画较多，笔画有主次之分，主笔要舒展，笔画之间的布白要均匀，其他笔画要注意中宫收紧。②注意上中下三个部件，整体来看要居中，下部的个别部件略有错位，整体来看左右大致对称。

## 四、左右结构

### 1. 左右均分

要点：①左右均分的字，左右两个部件宽度基本保持一致，尤其要注意左右两个部件横向笔画的宽度。②书写前，心中有一根竖线，位于字的正中间，左右两个部件的笔画分别列于中线两边，以保证字整体结构上做到左右均分。

2. 左窄右宽

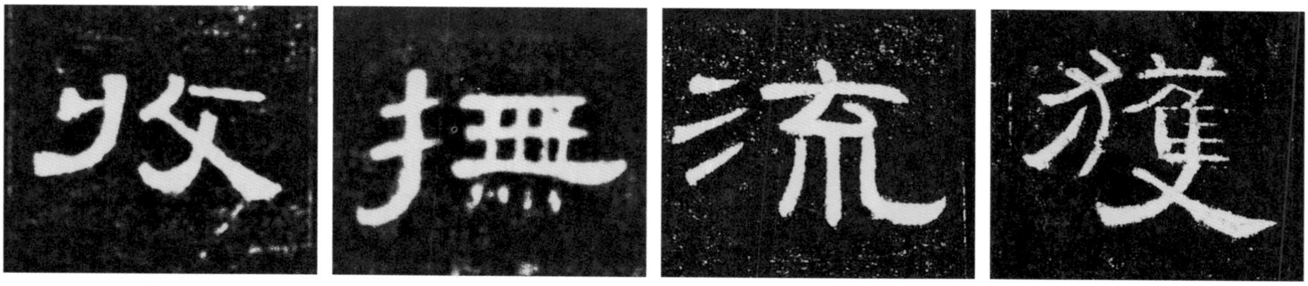

要点：①左窄右宽的字，应注意控制好左侧部件的横向笔画的长度，不宜过长，给右侧部件留出足够的空间。②右侧部件要控制好和左侧部件的距离，中宫既要紧凑，又要适当保持一定的距离。

3. 左宽右窄：

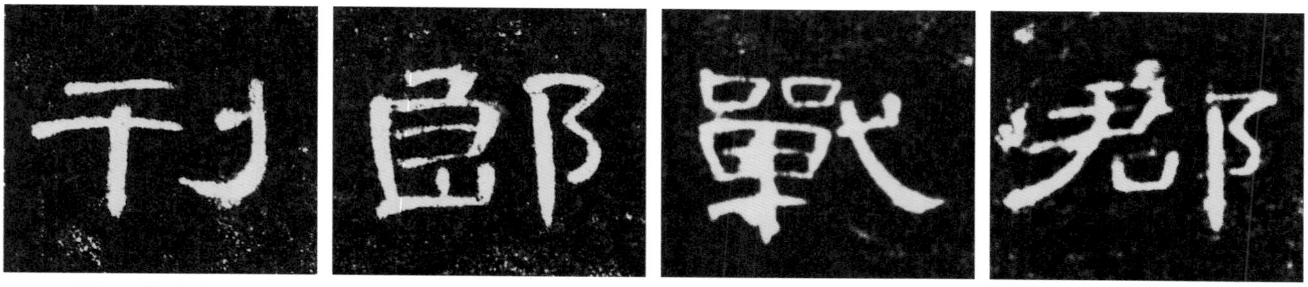

要点：①左宽右窄的字，左侧部件占的空间较大，右侧偏旁部件占的空间较小，因此要控制好左右两个部件横向笔画的长短。②注意左右两个部件之间的关系，写左侧部件时要提前考虑好右侧部件的笔画分布。

## 五、左中右结构

要点：①左中右结构，注意左中右三个部件的宽窄比例并不都是一样的。②注意左中右三个部件笔画之间相互关系，尤其是笔画之间不要相互顶撞，要注意穿插避让。

## 六、半包围结构

1. 左上包右下

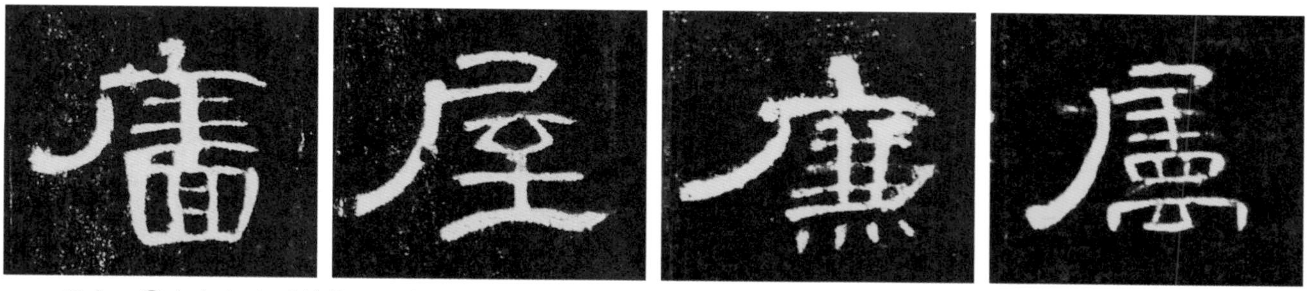

要点：①左上包右下结构，注意上面字头的横画右端不宜过长，右下部件整体不要写得过于紧缩，避免被上面字头横画盖住。②左侧的部分撇画会往上收起。③右下部既要保证整体的端庄稳定，又要舒展开阔。

### 2. 左下包右上

要点：①左下包右上结构，在《曹全碑》中，右上部件大都紧靠左侧的几个点画，不要写得过于松散，中宫要紧凑。②下部的平捺要舒展开张，整体呈内紧外松的姿态。

### 3. 下包上

要点：①下包上结构，下部的字框要舒展开阔，给上面的部件留出足够的空间。②上面的部件根据笔画的多少来排布，或圆满，或空灵，下面字框的大小或长或短，变化丰富。

### 4. 上包下

要点：①上包下结构，上部的字框形态各异，或两侧垂直向下，或左舒，或右展，注意字框的形态变化。②字框的大小要根据下面部件的笔画多少预留出足够的书写空间，下面的部件要居中，和字框之间的布白要匀称和谐。

## 七、全包围结构

要点：①全包围结构，注意国字框的基本形大致有三类：扁形、方形、长方形。②国字框两侧的竖画基本上都要略微往内收一点，而且略带有一点往外鼓的弧度。③内部的部件应和外部字框相协调，不宜太空或太满。

# 《曹全碑》特殊字群

## 一、有一定规律的特殊字群

移位： 有一小部分字的笔画或者部件所处的位置是不固定的，在一定的范围里可以移动。但必须注意的是，移位只适合少数约定俗成的字，切不可类推滥用。

群

要点：①将左侧的“君”移到右侧的“羊”头上。②左右结构变化为上下结构。

翦

要点：①将利刀旁收缩，同时将下部的“羽”移动到利刀旁下面。②上中下结构变化为上下结构。

勋

要点：①将右侧的“力”往上移动并缩小，同时将左下部的“四点底”往右散开，移动到正下方。②左右结构变化为上下结构。

岳

要点：①将上面的“山”部移动到下部。②上下结构不变，上下部件移位，上小下大的字变化为上大下小。

栾

要点：①将上部中间的“言”部的上面两笔横画上移并加长，同时将下部横画拉长，撇捺缩短为两点。②上下结构的字变化为类似上中下结构的字。

增笔：在古代的碑帖中，有一种增加笔画的情形，就是文字构形中本来没有这一笔，在书写时特意增加了这一笔。古代书家认为在书法审美中，在适当的时候，运用增笔的方法具有“完其体、全其神、足其韵”的效果。

受

要点：①“受”字中间秃宝盖和下面的“又”之间增加一小短横。②增笔后，中宫两侧的空间更显舒朗，内紧外松的体势特征更为明显。

咸

要点：①“咸”字左下“口”部的上侧增加一小短横。②通过增加横向笔画的数量，可以将整个字的基本形由扁拉长，增加体势的变化。

辞

要点：①“辞”字右侧“辛”字下面增加一小短横。②由于左侧部件笔画较多，如果右侧不加这一小短横，则显得右下空白太大，过于单薄。

宰

要点：①“宰”字下面的“辛”字下面增加一“蚕头雁尾”长横。②上侧的宝盖头横画缩短，左右两竖向下垂至“辛”字上部横画的两端，由于上部本来要拉开的宝盖头收缩了，下部增加一个主笔长横放开，形成新的收放对比关系。

省简：为了书写的便捷，在不影响字识别的前提下，有些字在书写时可以省简笔画或部件。如“悉”，“燔”和“鬼”字，都省简了上面的撇画，“抚”和“无”字都省简了上面的点画。

悉

燔

鬼

抚（撫）

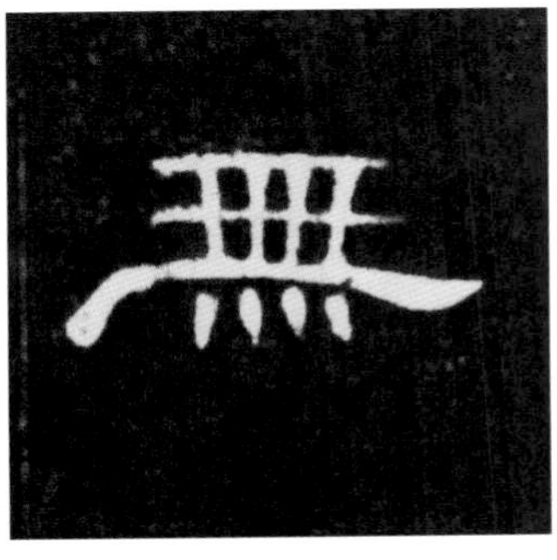

无（無）

## 二、写法独特，单独记忆

《曹全碑》中有些字在某些笔画或者部件上和我们经常见到的楷书字形有所出入，但又不在上述特殊规律中，此类写法比较独特的字我们需要单独记忆。

盖

武

乾

机（機）

福

曹

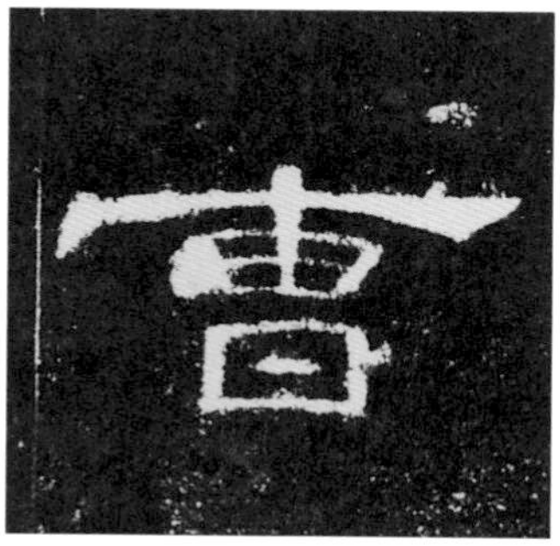
曹

参

丰（豐）

斥

毖

侯

金

甄

致

是

谷

害

敦

铎

际

师（師）

量

鳏

寡

山

丧

野

骚

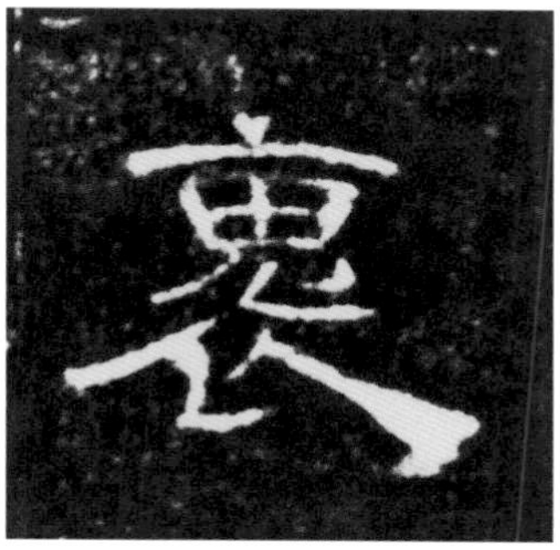
怀（懷）

峨

旧（舊）

华（華）

华（華）

鼎

冀

继

贤

攸

济（濟）

逆

妇（婦）

並

懿

怀（懷）

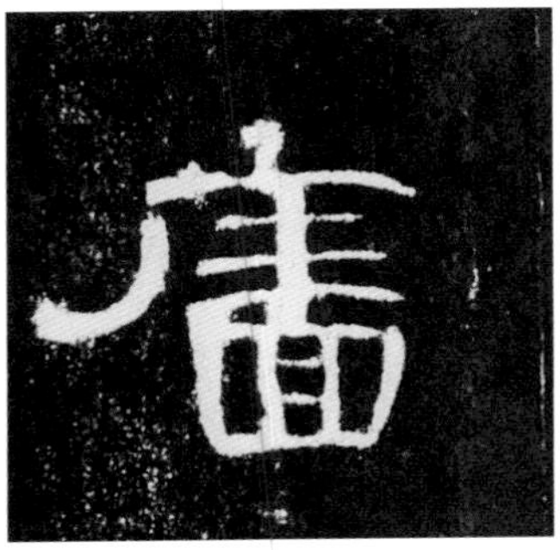

墙

离（離）

襁

蒙

## 三、模糊不清，容易写错

《曹全碑》虽然是汉隶中相对来说保存最为完好的一块碑，但仍然出现了大量模糊不清的情况，造成这种情况有很多原因：

1. 大自然的打磨。

如：风化、日晒、雨淋等。

2. 人为损毁。

如：搬移时的磕碰，古董商为了牟利故意凿损，附近居民的故意损坏，拓碑人反复捶拓，洗碑没有把字口里的脏东西洗出来等，当然也不排除刻工自身的原因，某些笔画没有刻到位或者直接刻穿了。

3. 拓碑者在拓碑过程中捶拓的手法问题。

如：由于某些笔画的字口没有清晰地凿进去，或者经过反复捶拓，而拓碑的整个过程是用墨来拓的，而墨多了会洇，因此很多细小的点画由于上述原因都看不见了。

我们在临摹这些字的时候应勤于查资料，遵循如下原则：

1. 首选《曹全碑》中其他地方出现的相同字。

2. 若《曹全碑》中没有或者仍不清楚，可以参看《乙瑛》《礼器》《史晨》等其他时代较为接近的汉隶经典名篇中的字。

讳

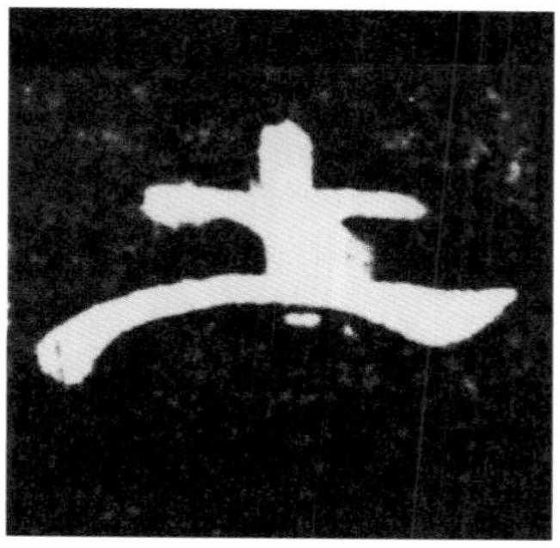

土

夏

处（處）

龇（齜）

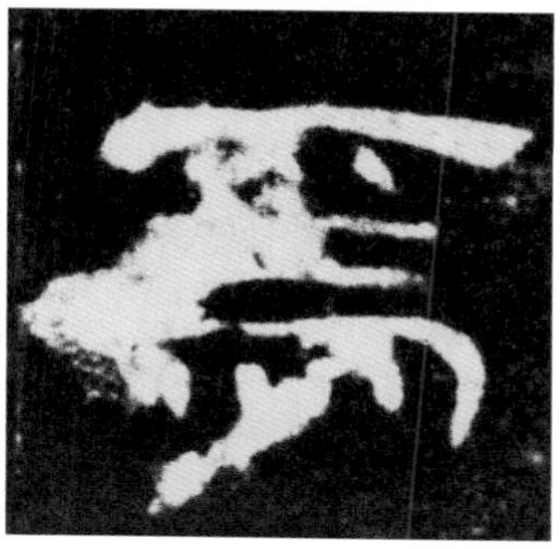

焉

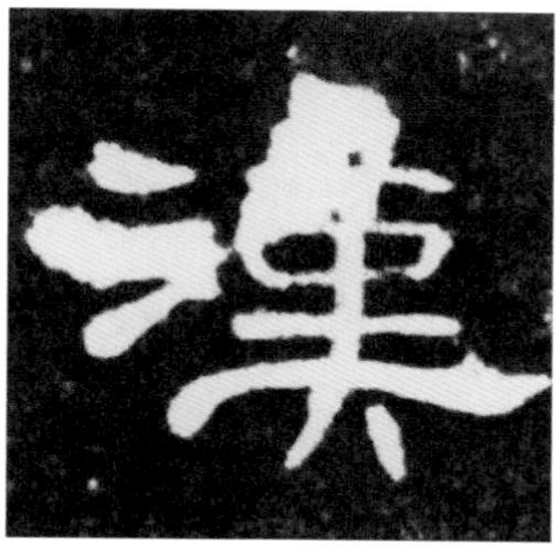

汉

敦

雄

之

之

遗（遺）

3. 清代隶书大师们临摹《曹全碑》的字，如：何绍基临《曹全碑》等。

4. 查阅书法字典，参看更多该字的写法。

值得一提的是，最终一定要结合《曹全碑》的基本笔画和结构特征来进行书写。

遇

弃（棄）

首

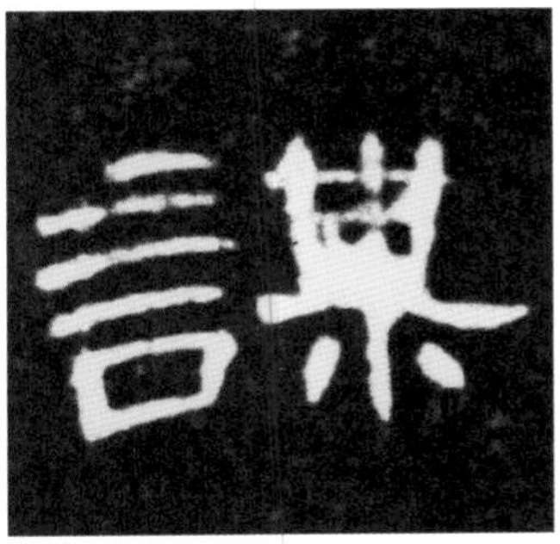

谋（謀）

考

颛（顓）

茅

谷

工

吏

宰

农（農）

## 四、观千剑而后识器

同字异形的情况在各个字帖中都很常见。一方面，这是汉字生命力的体现，我们在未来的创作实践中，可以运用到这些丰富的变化；另一方面，古代碑帖中并非所有的字都是完美的，也有不少字存在一些小瑕疵，有的是模糊不清造成的，有的是刻工没有刻好，有的是书写者没写好……总之，我们要通过大量的相同字进行对比，才有可能得出更加精准的答案，正所谓观千剑而后识器。

另外，每个字的具体写法，多一笔少一笔，有些写法比较特殊等情况，仁者见仁，智者见智。我们把这些字搜集整理好放在一起，方便大家对比观察，如：大家在临摹时如果遇到原帖缺笔的情况，可补笔，亦可和原帖保持一致。

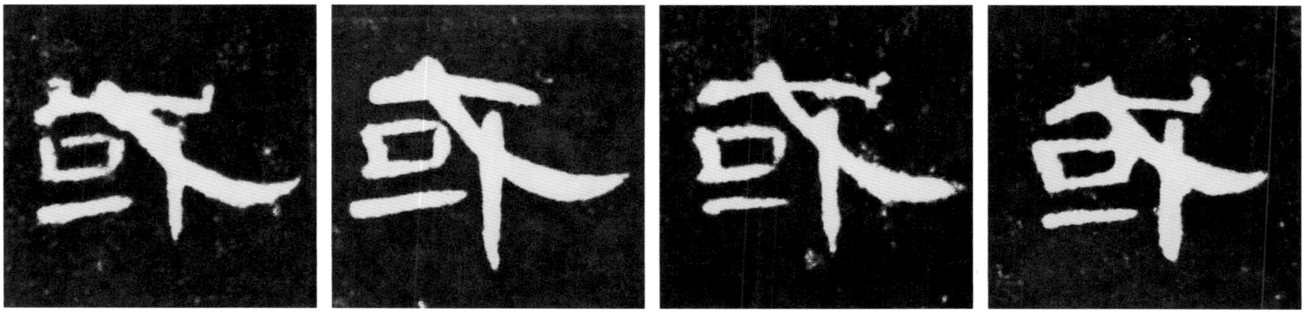

或

武

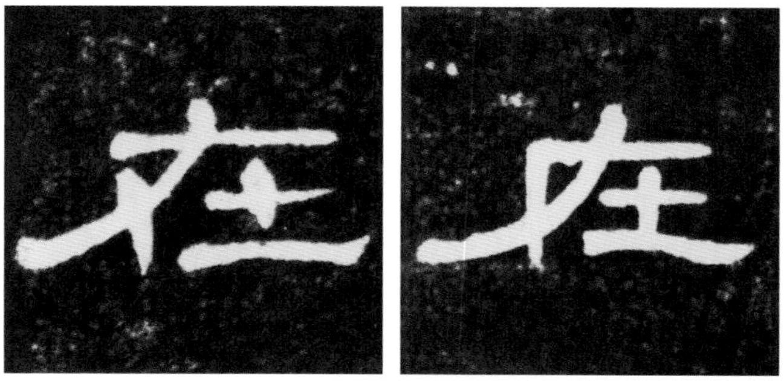

在

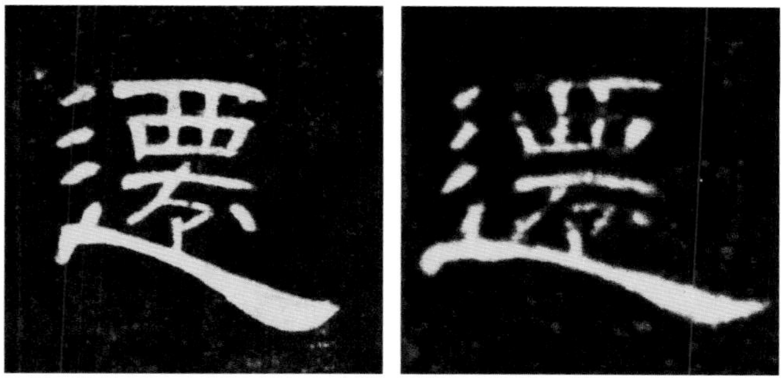

迁（遷）

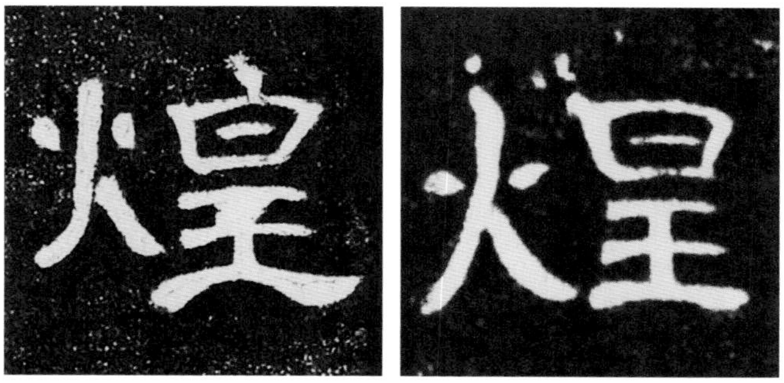

煌

孝

惠

都

都

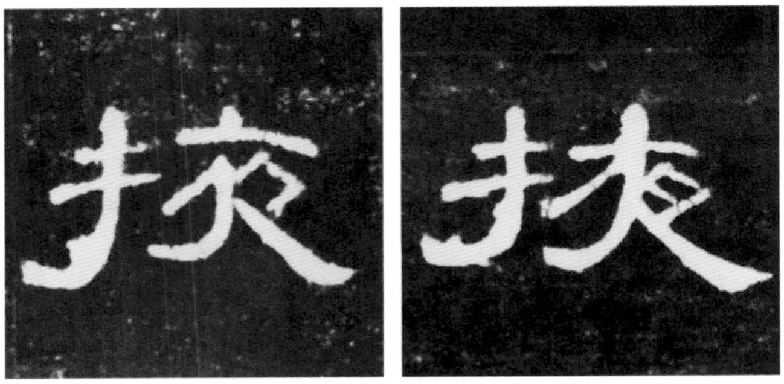

掖

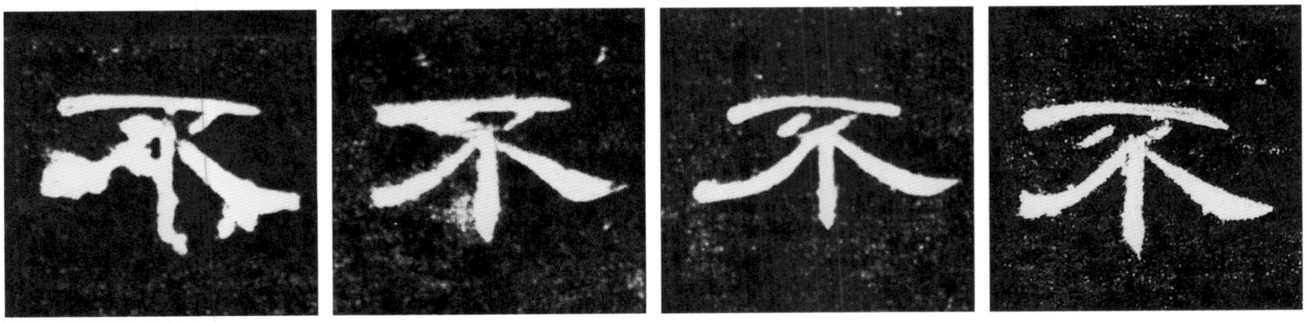

不

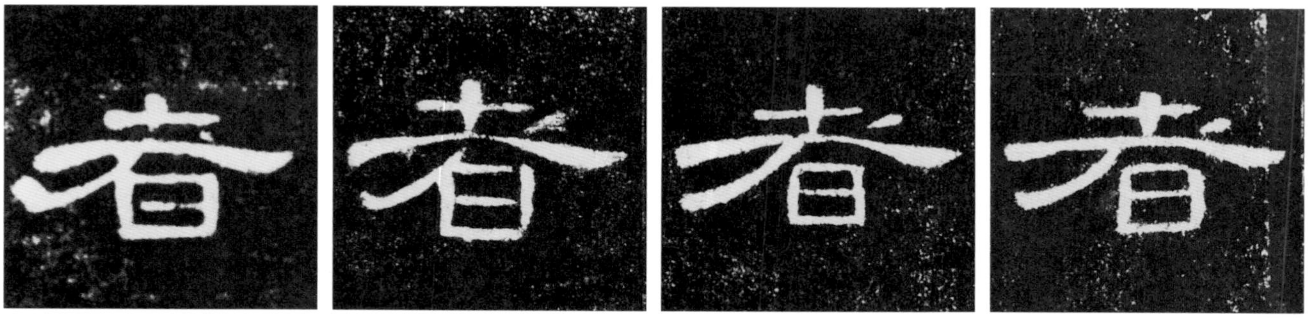
者

存

戴

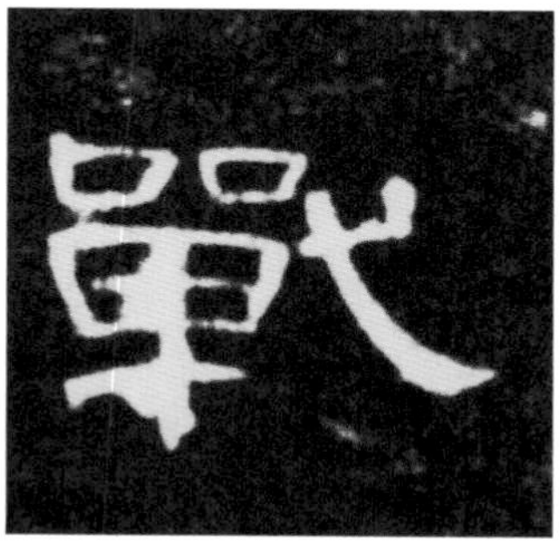
战（戰）

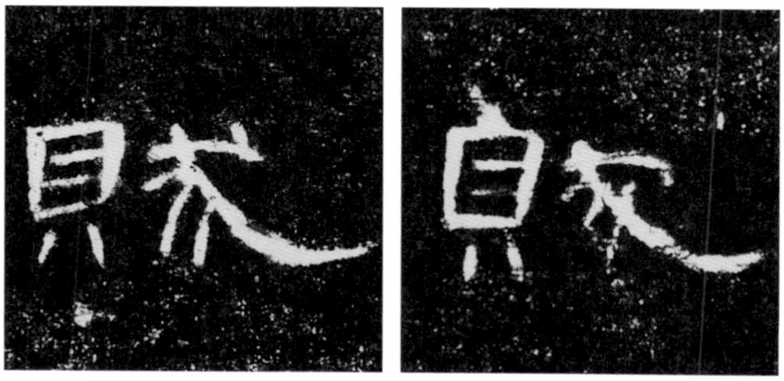
贼（賊）

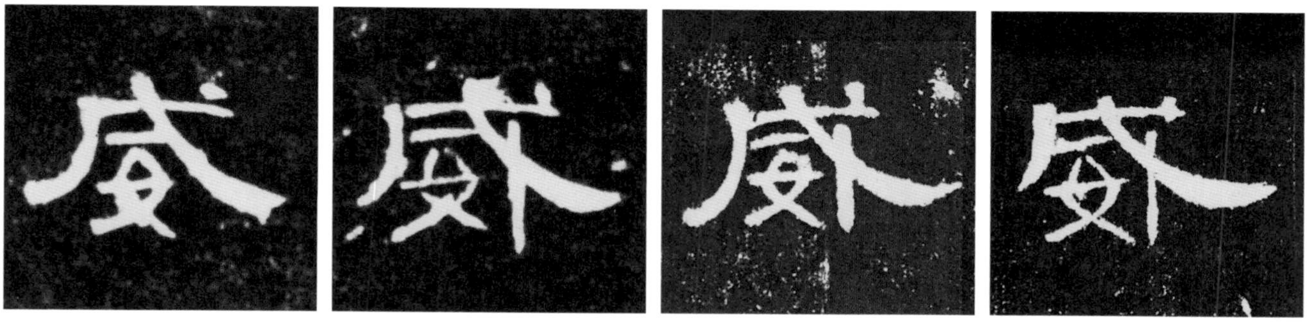
威

出

远（遠）

还（還）

还（還）

德

德

城

城

拜

泉

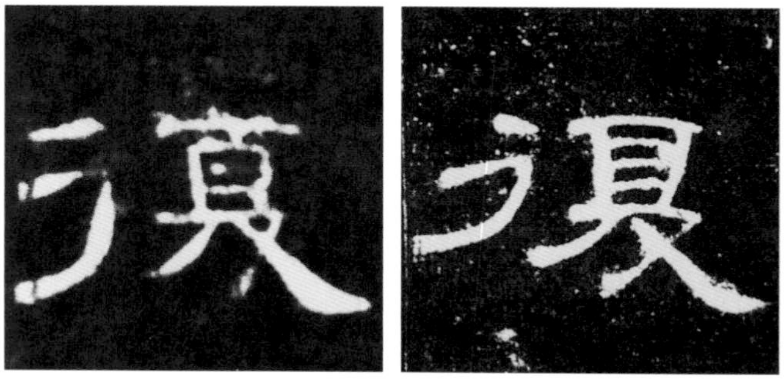
复

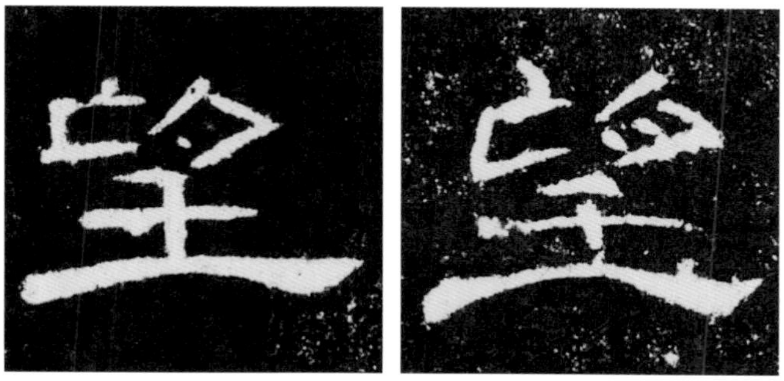
望

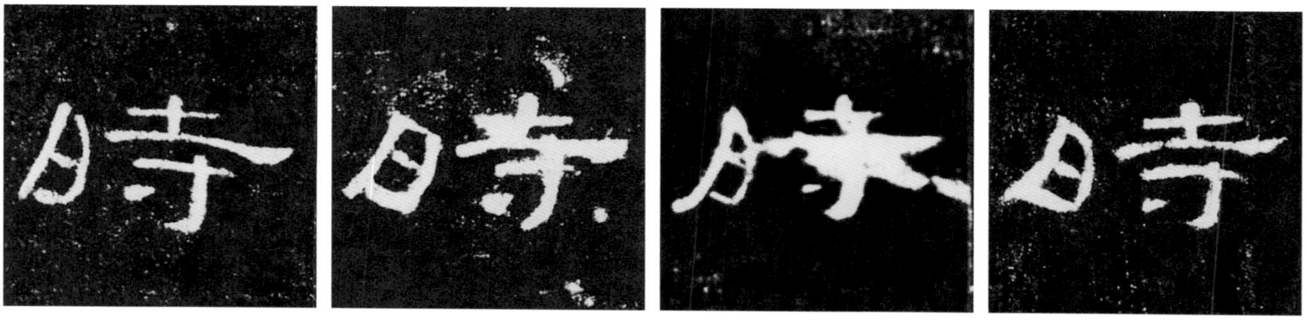
时

# 《曹全碑》集字创作

## 一、单字

福

福

忍

孝

敬

礼

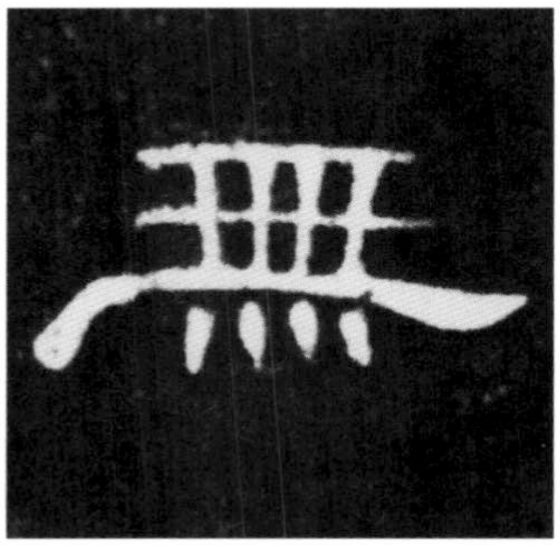
无

德

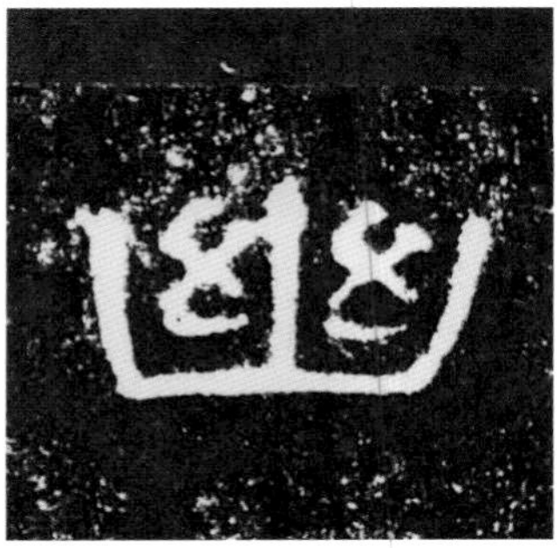
幽

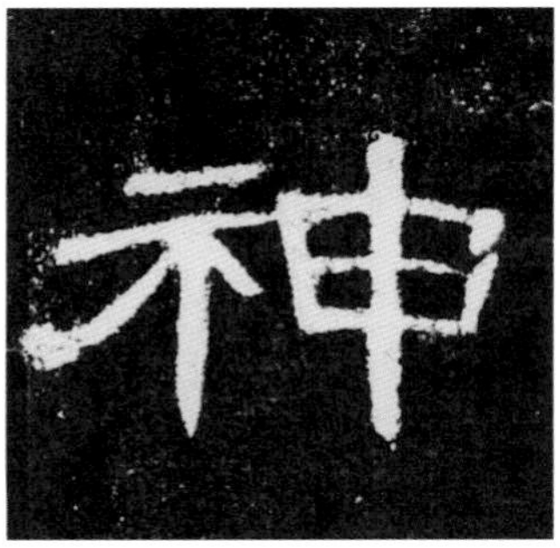
神

义

乐

## 二、两字

雄风

怀远

听雨

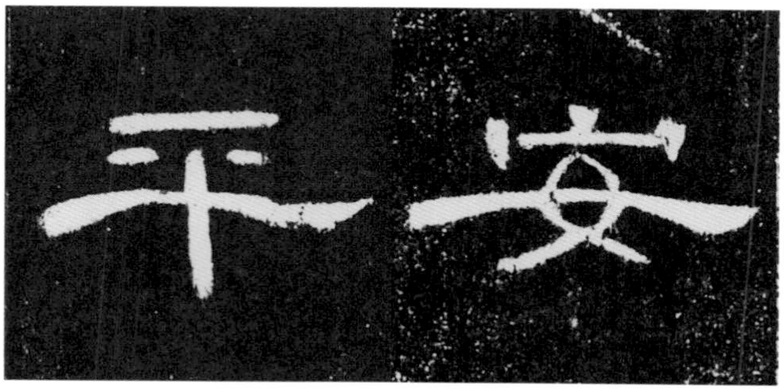

平安

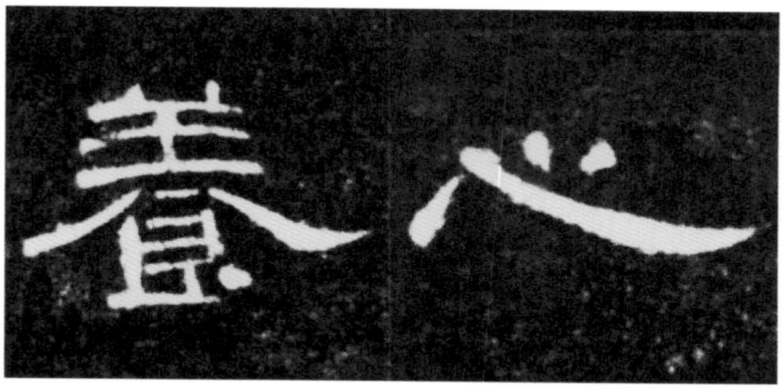

养心

望岳

## 三、多字

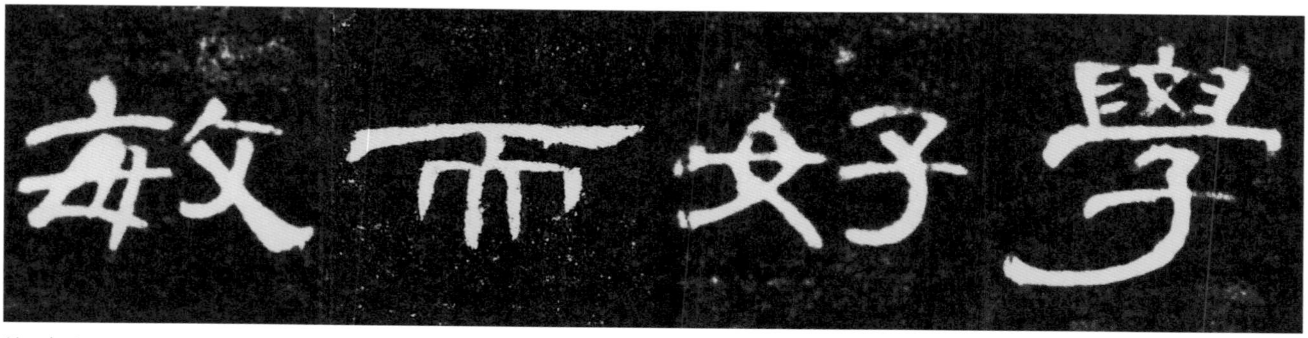

敏而好学

清风明月

学为人师

高山流水

美意延年

志存高远

修身养性

万事如意

合家欢乐

家和万事兴

# 《曹全碑》原文及翻译

## 碑阳

[原文]：君讳全，字景完，敦煌效穀（谷）人也。

[译文]：曹君名全，字景完，是敦煌郡效谷县人。

[原文]：其先盖周之胄。武王秉乾之机，翦（剪）伐殷商，既定尔勋，福禄攸同，封弟叔振铎于曹国，因氏焉。

[译文]：他的祖先是周朝姬氏的后人。昔日周武王姬发，秉受天机，灭掉殷商，定下功勋，他将福禄和弟兄们共享，于是封弟弟叔振铎于曹国，其后人以曹氏为姓。

[原文]：秦汉之际，曹参夹辅王室。世宗廓土斥竟，子孙迁于雍州之郊，分止右扶风，或在安定，或处武都，或居陇西，或家敦煌，枝分叶布，所在为雄。

[译文]：秦汉之际，（曹全的先祖）曹参辅佐王室（刘邦）。汉武帝（世宗）扩充疆土，将其子孙迁徙于古雍州近郊，分别住在右扶风、安定、武都、陇西、敦煌等地。（曹氏）后裔分布各地，在所处之地称雄一方。

[原文]：君高祖父敏，举孝廉，武威长史，巴郡朐（chǔn）忍令，张掖、居延都尉。

[译文]：曹君的高祖父曹敏，被举孝廉，曾任武威长史，巴郡朐忍县令，张掖、居延都尉。

[原文]：曾祖父述，孝廉，谒（yè）者，金城长史，夏阳令、蜀郡西部都尉。

[译文]：他的曾祖父曹述，举孝廉，任谒者、金城长史、夏阳县令和蜀郡的西部都尉。

[原文]：祖父凤，孝廉，张掖属国都尉丞，右扶风隃麋侯相，金城西部都尉，北地太守。

[译文]：他的祖父曹凤，举孝廉，任张掖属国都尉丞，右扶风隃麋侯国之相，金城西部都尉和北地太守。

[原文]：父琫（běng），少贯名州郡，不幸早世，是以位不副德。

[译文]：他的父亲曹琫，少年时即州郡闻名，可惜不幸早逝。所以其地位不能与其德望相符。

[原文]：君童龀（chèn）好学，甄极毖纬，无文不综。贤孝之性，根生于心。收养季祖母，供事继母，先意承志，存亡之敬，礼无遗阙。是以乡人为之谚曰：“重亲致欢曹景完。”易世载德，不陨其名。及其从政，清拟夷齐，直慕史鱼。历郡右职，上计掾（yuàn）史，仍辟凉州，常为治中、别驾，纪纲万里，朱紫不谬。出典诸郡，弹枉纠邪，贪暴洗心，同僚服德，远近惮威。

[译文]：曹全儿童时期就好学习，他能鉴别研习谶讳经学，他无书不读，并能融会贯通。孝敬前辈的观念，已在心中生根。他收养了叔祖母，又十分孝敬继母，能预知长辈的心意，顺其意愿行事，经办生老病死诸事，礼

数都十分周全。所以乡人有谚语说："曹景完真是重视孝道，使父母欢愉的典范。"他的道德和美名，会历代相传，永不陨没。到他从政以后，其清廉可比伯夷、叔齐，其耿直不让史鱼。他多次担任郡中的重要职务，曾任进京奏事的上计掾史，又仍回到凉州，任治中、别驾等职，所到之处，都能纲纪严明、明辨是非。至其担任郡守等职，能弹劾枉法者，纠正邪恶事，能使贪暴者洗心革面，同僚们都佩服其德行，其声威震慑四方。

**[原文]：建宁二年，举孝廉，除郎中，拜西域戊部司马。时疏勒国王和德，弑父篡位，不供职贡。君兴师征讨，有吮（shǔn）脓之仁，分醪（láo）之惠。攻城野战，谋若涌泉，威牟（móu）诸贲（bēn），和德面缚归死。还师振旅，诸国礼遗，且二百万，悉以薄官。迁右扶风槐里令，遭同产弟忧，弃官，续遇禁冈，潜隐家巷七年。**

[译文]：东汉建宁二年（169），曹全被举荐为孝廉，授郎中，官拜西域戊部司马。当时疏勒国国王和德，杀父篡位，不向中央贡税述职。曹全兴师征讨，能像吴起那样为士兵吮毒，和官兵们分享酒食之福。他在攻城和野战之中，谋略如泉涌，威猛不减勇士，将疏勒王和德当面处死。当他率军旅凯旋还师时，西域各国无不遣使送礼，达二百多万，他悉数交公并登记账册。后迁右扶风郡槐里县令，时遇胞弟病故，辞官回家，又遇党锢之变，就在家隐居了七年。

**[原文]：光和六年，复举孝廉。七年三月，除郎中，拜酒泉禄福长。訞（妖）贼张角，起兵幽冀，兖（yǎn）豫荆杨，同时并动。而县民郭家等复造逆乱，燔（fán）烧城寺，万民骚扰，人褱（怀）不安。三郡告急，羽檄（xí）仍至。于时圣主谘诹（zī zōu）群僚，咸曰："君哉！"转拜郃阳令，收合余烬，芟（shān）夷残迸（bèng），绝其本根。遂访故老商量，俊艾（yì）王敞、王毕等，恤民之要，存慰高年，抚育鳏寡，以家钱籴（dí）米粟赐癃（lóng）盲。大女桃斐等，合七首药、神明膏，亲至离亭，部吏王宰、程横等，赋与有疾者，咸蒙瘳（chōu）悛（quān）。惠政之流，甚于置邮。百姓襁（qiǎng）负，反者如云。戢（jí）治廧（墙）屋，市肆列陈。风雨时节，岁获丰年。农夫织妇，百工戴恩。**

[译文]：光和六年（183），又重被推举为孝廉。光和七年（184）三月，被任命为郎中，拜酒泉郡禄福县长。妖贼张角，在幽州、冀州一带起兵，兖、豫、荆、杨诸州同时响应。而本县农民郭家等人也起来造反，他们焚烧城郭和官舍，老百姓们都受到骚扰，人人不得安宁。各郡同时告急，危急的军情频频传到朝廷。当时皇上征询臣僚的意见，大臣们都说："曹全可担此任！"他遂被任命为郃阳县令，一到任就迅速扑灭战乱的余烬，清除残余的乱者，以斩草除根。接着他又访问本县故老商量，以及王敞、王毕等有才之人，体恤民众的急需，慰问年老之人，抚育鳏寡孤独，还以自家之钱买来米粮，赠送体弱多病者和盲人。其大女儿桃斐等人配好治刀伤的匕首药和"神明膏"，亲自送到离亭，与其下属王宰、程横等人，分送给伤病者，大多都被治愈。曹全的惠政美名，传播得比邮差送信还快。百姓们抱着孩子、背负行囊，纷纷返回故里。人们重新修治屋舍，开起集市，虽是社会风雨飘摇时期，粮食也能获得丰收。种田的农民和织布的妇女，还有各行各业的百姓，无不感恩戴德。

**[原文]：县前以河平元年，遭白茅谷水灾，害退，于戌亥之间，兴造城郭。是后，旧姓及修身之士，官位不登。君乃闵缙（jìn）绅之徒不济，开南寺门，承望华岳，乡明而治，庶使学者李儒、栾规、程寅等，各获人爵之报。廓广听事官舍，廷曹廊閤（阁），升降揖让朝觐（jìn）之阶，费不出民，役不干时。门下掾王敞、录事掾王毕，主薄王历、户曹掾秦尚、功曹史王颛（zhuān）等，嘉慕奚斯、考甫之美，乃共刊石纪功。其辞曰：**

[译文]：郃阳县在和平元年（150），曾遭受白茅谷水灾，水害退于戊戌（158）、己亥（159）之间，那时兴造了城郭。自此以后，昔日望族和有修养的士人家中都受到重创，无法谋取好的官位。曹君怜悯这些乡绅们不幸的遭遇，开启了南寺之门，遥望西岳华山，治理清明，使学者如李儒、栾规、程寅等人，都获得了封爵的善报。又扩建了理事的官衙、各机构的房舍以及进退朝觐的台阶，其费用不让民众出纳，服役也不侵占农时。门下掾王敞、录事掾王毕、主簿王历，户曹掾秦尚、功曹史王颛等人，大家仰慕奚斯、正考父（二人著《鲁颂》和《商颂》）

颂扬德政的善举，一起出资刻石以纪其功。其辞曰：

**[原文]：懿明后，德义章。贡王庭，征鬼方。威布烈，安殊荒（huāng）。还师旅，临槐里。感孔怀，赴丧纪。嗟逆贼，燔城市。特受命，理残圮（pǐ）。芟（shān）不臣，宁黔首。缮（shàn）官寺，开南门。阙嵯（cuó）峨，望华山。乡明治，惠沾渥。吏乐政，民给足。君高升，极鼎足。**

[译文]：美善贤明的长官，德行和仁义如此彰显。恭奉朝廷，出征边陲。威名四处传送，使蛮荒之地得到平定安康。军旅班师回朝，出任槐里县长官。却因兄弟去世，手足情深，归里奔丧。可叹逆贼焚烧城乡。特受重任，收拾残局。铲除逆乱，安定黎民百姓。修缮官寺，开通南门。门阙巍峨，遥望华山。人和政通，百姓都受到恩泽。官吏尽职，人民丰衣足食。望曹君高升，功同三公，位极人臣。

**[原文]：中平二年十月丙辰造。**

[译文]：中平二年（185）十月二十一日造。

## 碑阴（译文略）

第一层

处士河东皮氏岐茂孝才二百。

第二层

县三老商量伯祺五百。乡三老司马集仲裳五百。徵博士李儒文优五百。故门下祭酒姚之辛卿五百。故门下掾王敞元方千。故门下议掾王毕世异千。故督邮李谭伯嗣五百。故督邮杨动子豪千。故将军令史董溥建礼三百。故郡曹史守丞马访子谋。故郡曹史守丞杨荣长孳。故乡啬夫曼骏安云。故功曹任午子流。故功曹曹屯定吉。故功曹王河孔达。故功曹王吉子侨。故功曹王时孔良五百。故功曹王献子上。故功曹秦尚孔都二。故功曹王衡道兴。故功曹杨杨休当女五百。故功曹王衍文珪。故功曹秦杼汉都千。……琏。故功曹王诩子弘。故功曹杜安元进。

第三层

……元。……孔宣。……萌仲谋。故邮书掾姚闵升台。故市掾王尊文憙。故市掾杜靖彦渊。故主簿邓化孔彦。故门下贼曹王翊长河。

第四层右侧

故市掾王理建和。故市掾成播曼举。故市掾杨则孔则。故市掾程璜孔休。故市掾扈安子安千。故市掾高页显和千。故市掾王（王度）季晦。故门下史秦并静先。

第四层左侧

……起。故贼曹史王授文博。故金曹史精畅文亮。故集曹史柯相文举千。故贼曹史赵福文祉。故法曹史王敢文国。故塞曹史杜苗幼始。故塞曹史吴产孔才五百。（故外）部掾赵炅文高。（故集）曹史高廉吉千。

第五层

义士河东安邑刘政元方千。义士侯褒文宪五百。义士颍川臧就元就五百。义士安平祈博季长二百。

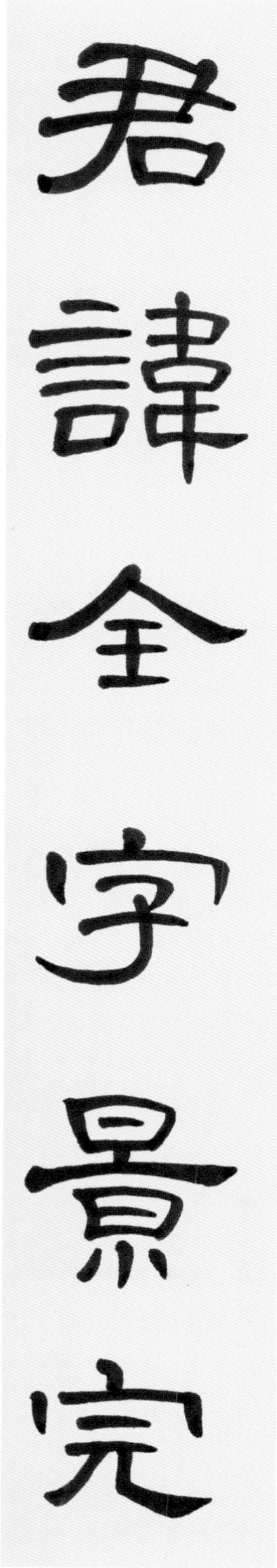

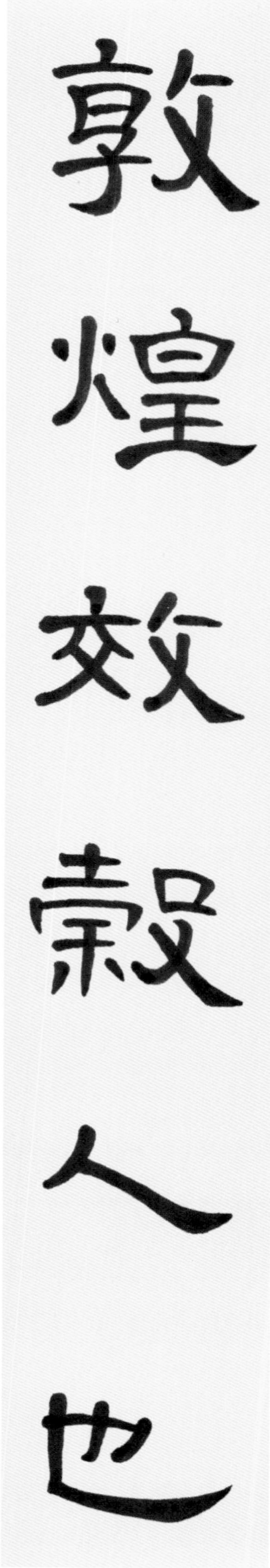

君讳全字景完 敦煌效谷人也

其先盖周之胄　武王秉乾之机

翦伐殷商既定　尔勋福禄攸同

封弟叔振铎于　曹国因氏焉秦

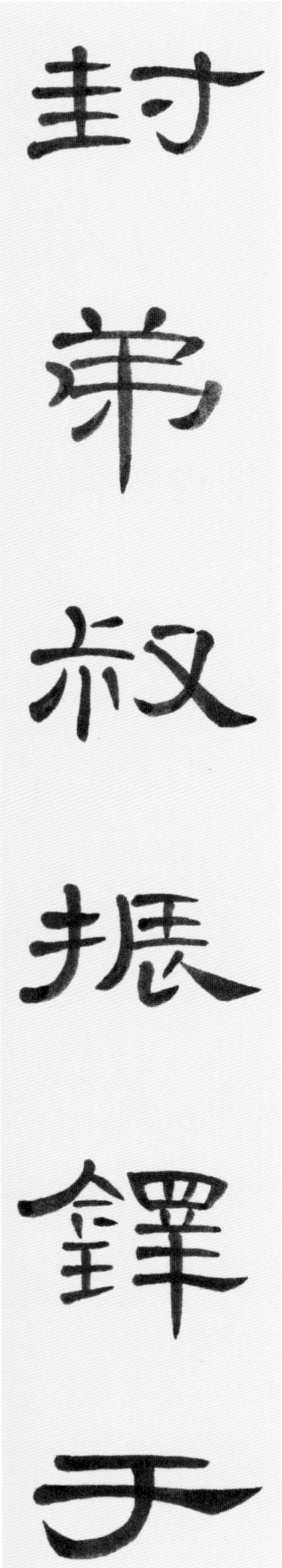
封弟叔振鐸于

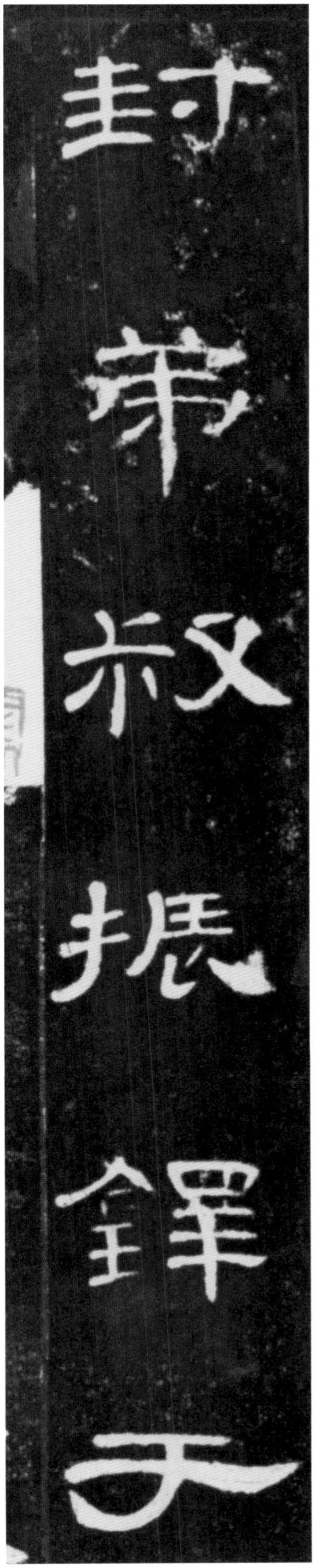
封弟叔振鐸于

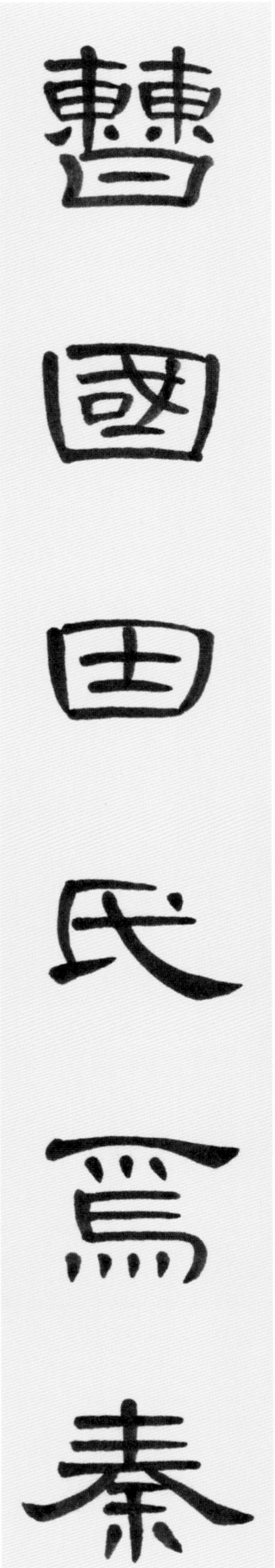
曹國因氏焉秦

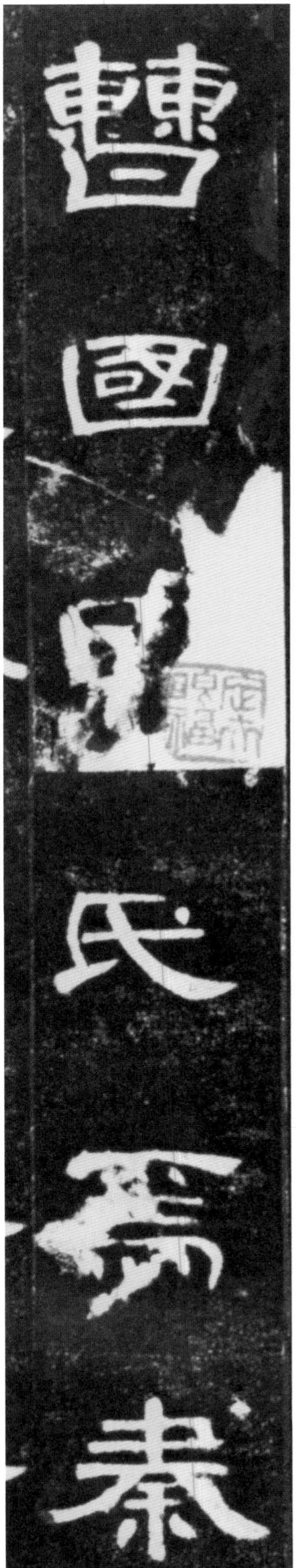
曹國氏焉秦

汉之际曹参夹

辅王室世宗廓

漢之際曹參夾

漢之際曹參夾

輔王室世宗廓

輔王室世宗廓

土斥竟子孙迁　于雍州之郊分

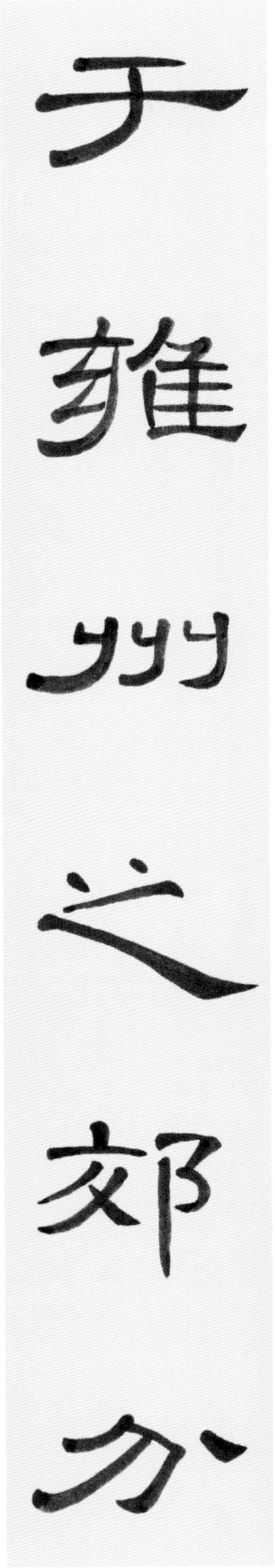

止右扶风或在　安定或处武都

或居陇西或家　敦煌枝分叶布

所在为雄君高　祖父敏举孝廉

武威长史巴郡　朐忍令张掖居

武威長史巴郡

武威長史巴郡

朐忍令張掖居

朐忍令張掖居

延都尉曾祖父　述孝廉谒者金

城长史夏阳令　蜀郡西部都尉

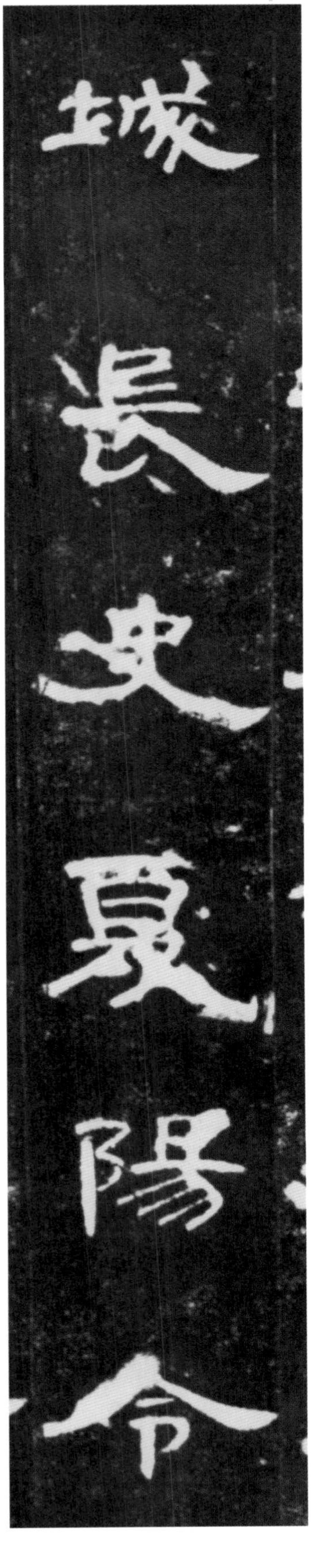

祖父凤孝廉张　掖属国都尉丞

右扶风隃麋侯　相金城西部都

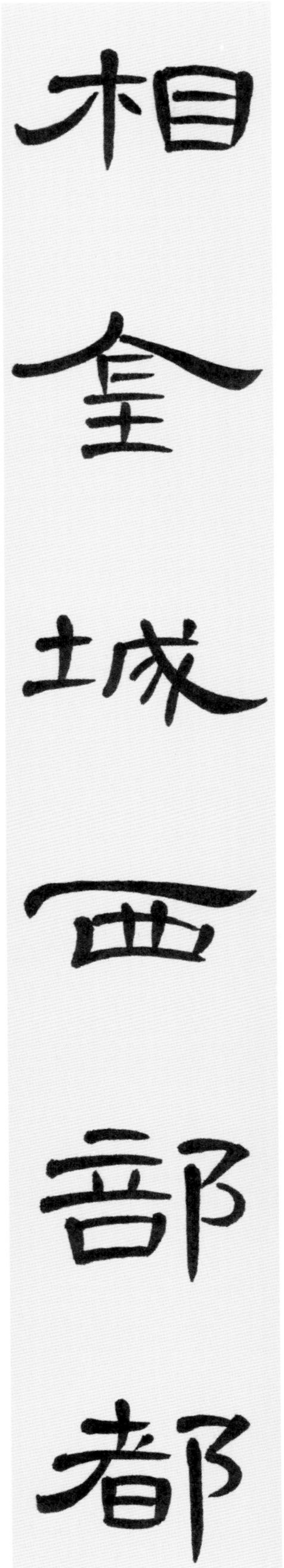

尉北地太守父 琫少贯名州郡

不幸早世是以　位不副德君童

不幸早世是以

不幸早世是以

位不副德君童

位不副德君童

龀好学甄极毖　纬无文不综贤

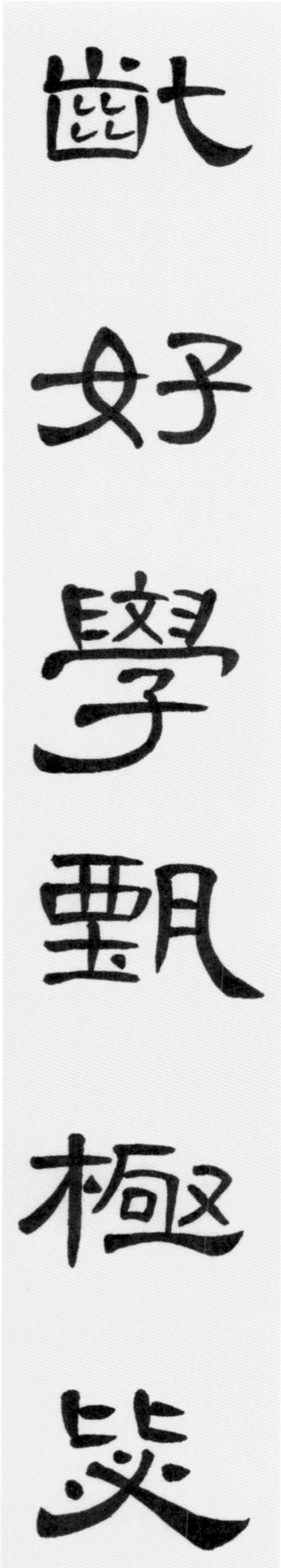

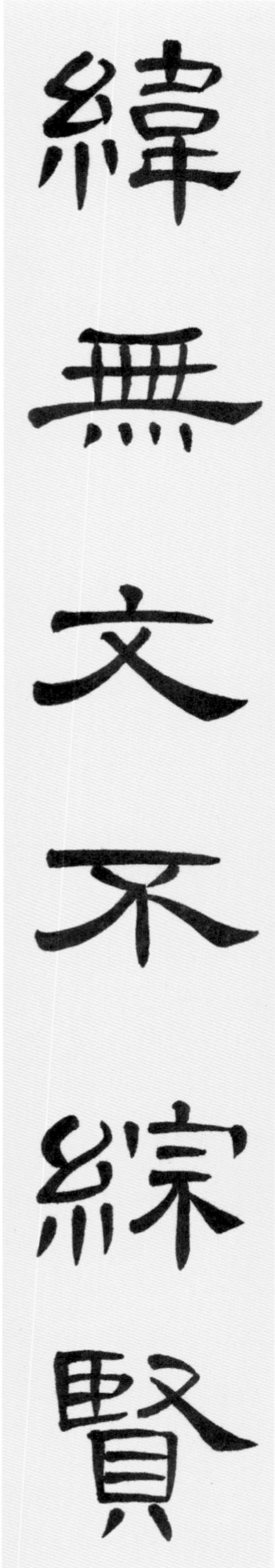

孝之性根生于　心收养季祖母

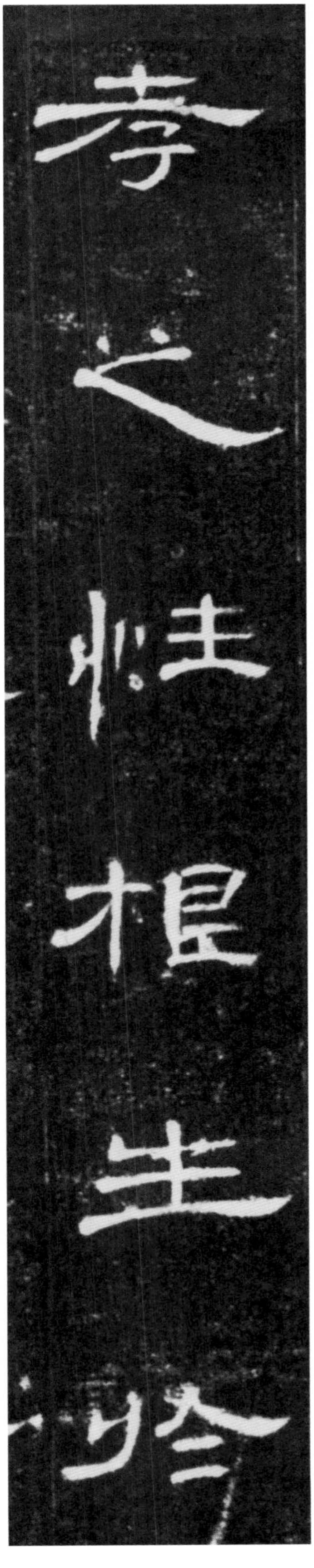


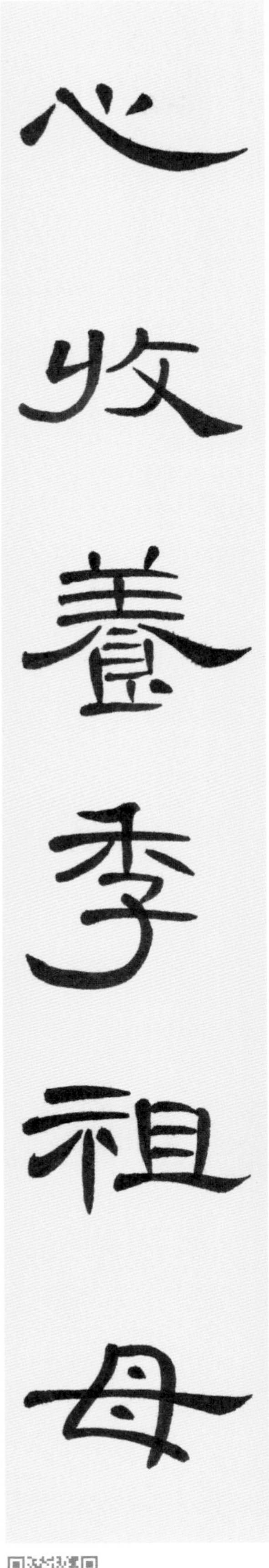

供事继母先意　承志存亡之敬

供事繼母先意

供事繼母先意

承志存亡之敬

承志存亡之敬

礼无遗阙是以　乡人为之谚曰

禮無遺闕是以

禮無遺闕是以

鄉人為之諺曰

鄉人為之諺曰

重亲致欢曹景　完易世载德不

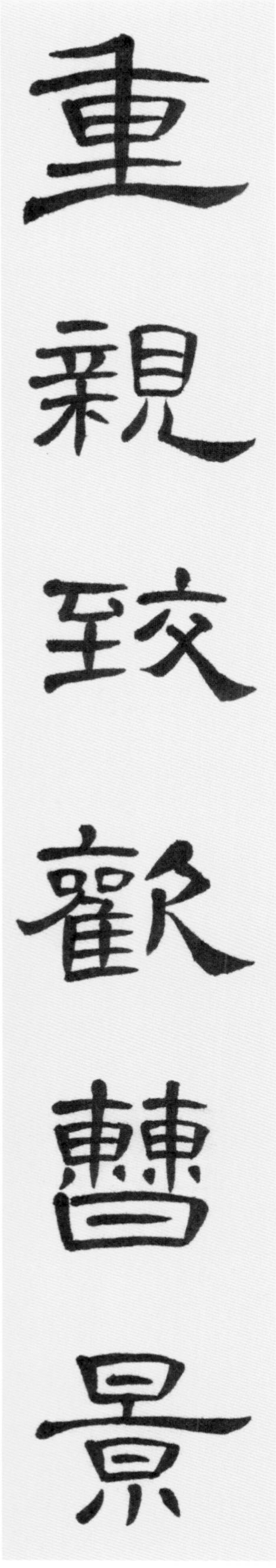

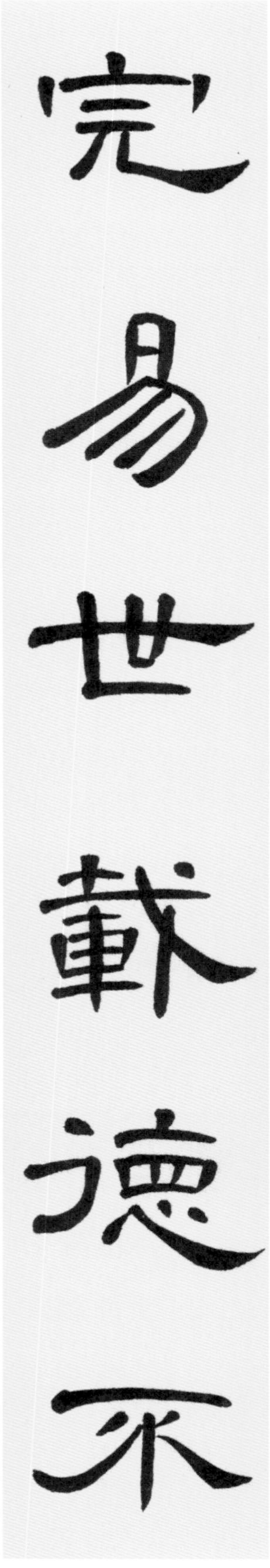

陨其名及其从　政清拟夷齐直

慕史鱼历郡右　职上计掾史仍

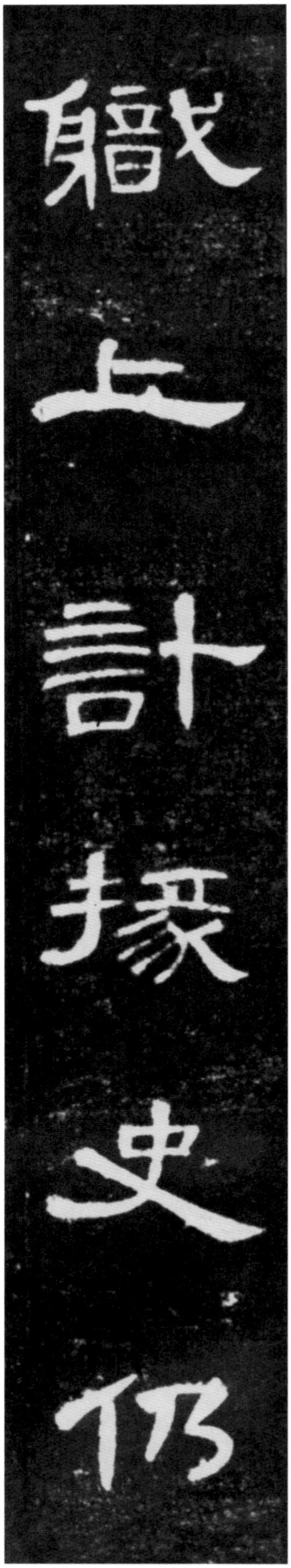

辟凉州常为治　中别驾纪纲万

里朱紫不谬出　典诸郡弹枉纠

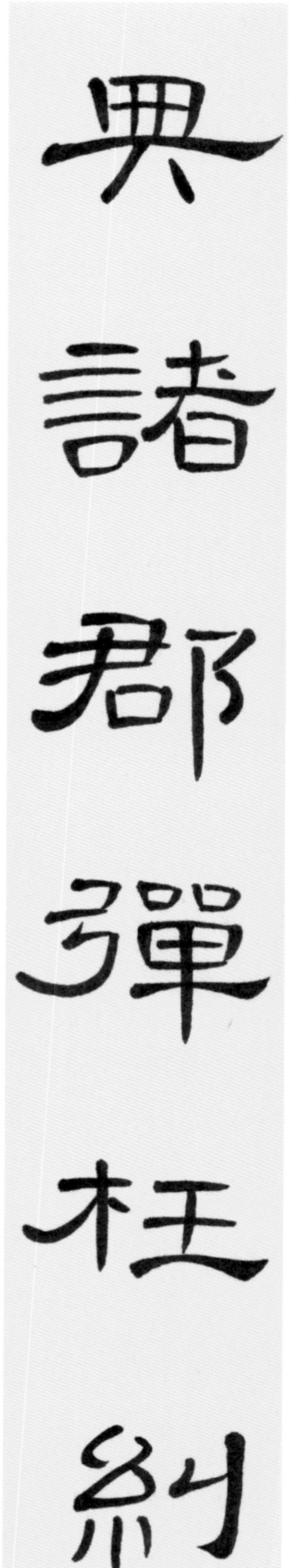

邪贪暴洗心同　僚服德远近惮

邪貪暴洗心同

邪貪暴洗心同

僚服德遠近憚

僚服德遠近憚

威建寧二年舉

威建寧二年舉

孝廉除郎中拜

孝廉除郎中拜

西域戊部司马　时疏勒国王和

德弑父篡位不　供职贡君兴师

征讨有兖脓之　仁分醪之惠攻

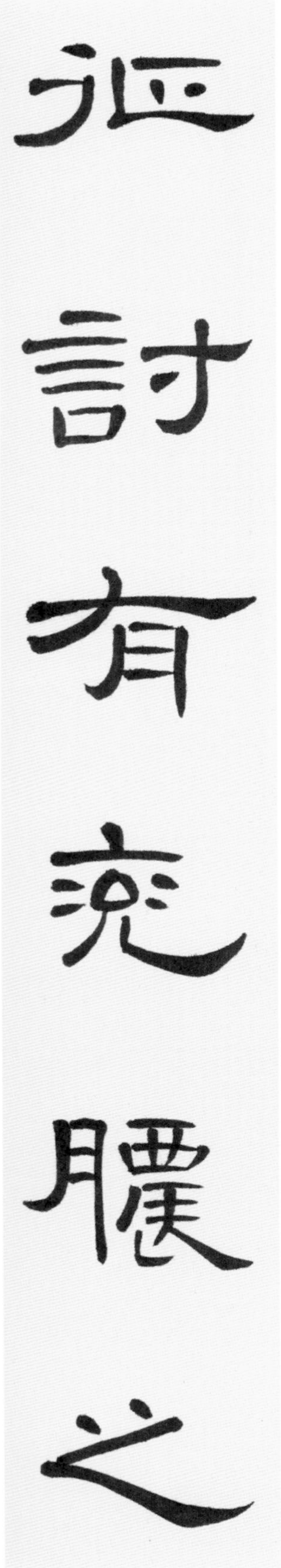

城野战谋若涌　泉威牟诸贲和

德面缚归死还　师振旅诸国礼

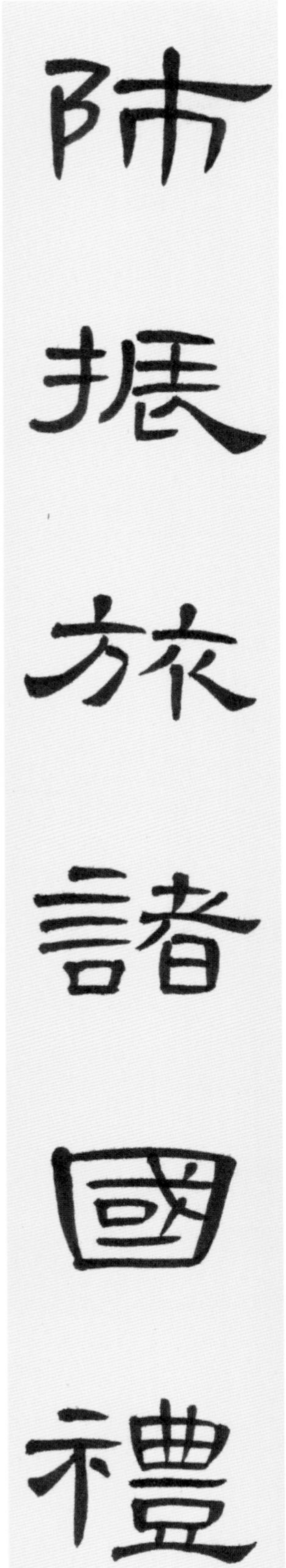

遗且二百万悉　以薄官迁右扶

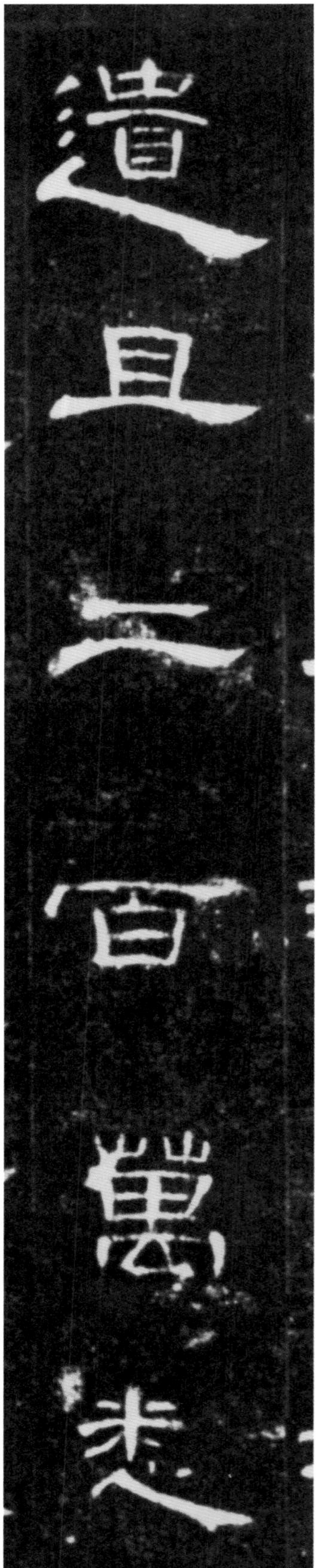


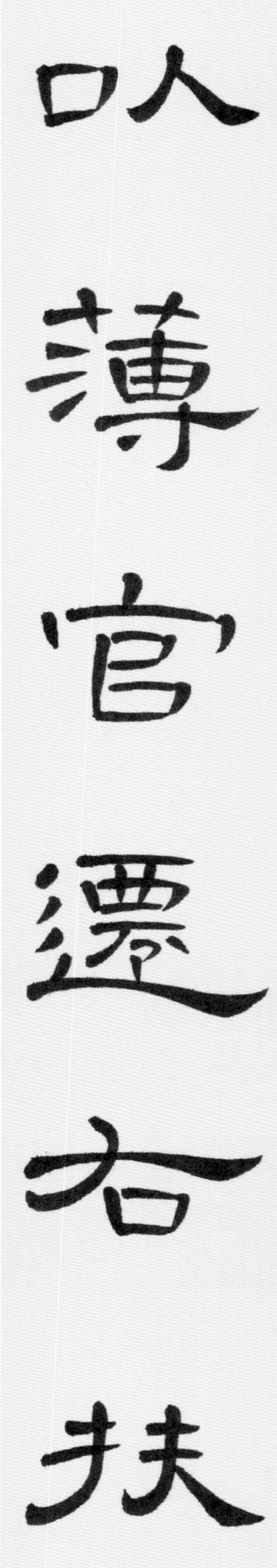

风槐里令遭同　产弟忧弃官续

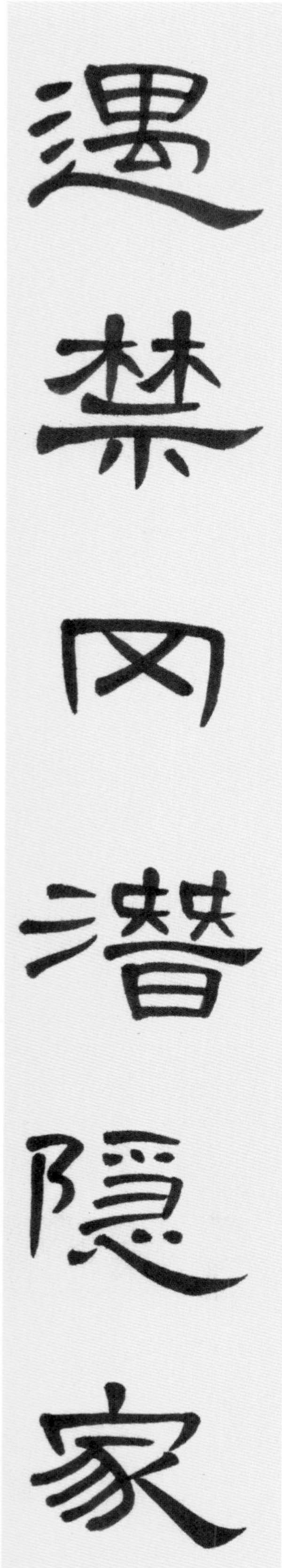
遇禁罔潜隐家

遇禁罔潜隐家

巷七年光和六

巷七年光和六

年复举孝廉七　年三月除郎中

拜酒泉禄福长　訞贼张角起兵

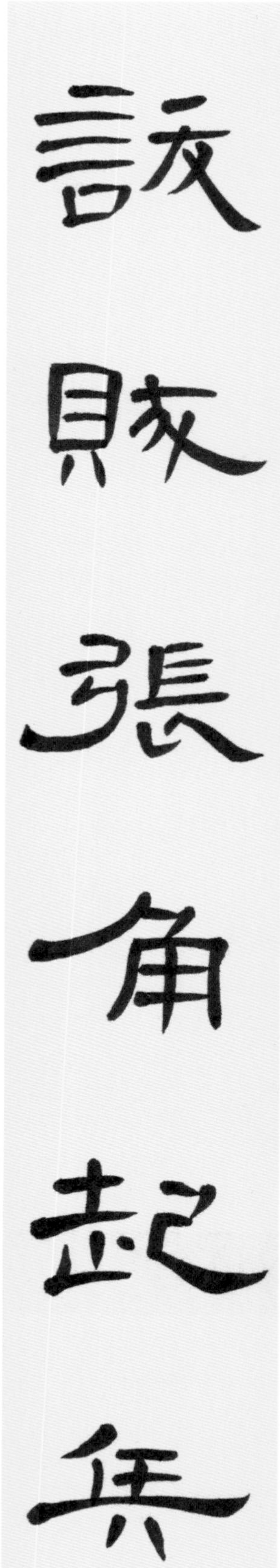

幽冀兖豫荆杨　同时并动而县

幽冀兗豫荆楊

幽冀兗豫荆楊

同時並動而縣

同時並動而縣

民郭家等复造　逆乱燔烧城寺

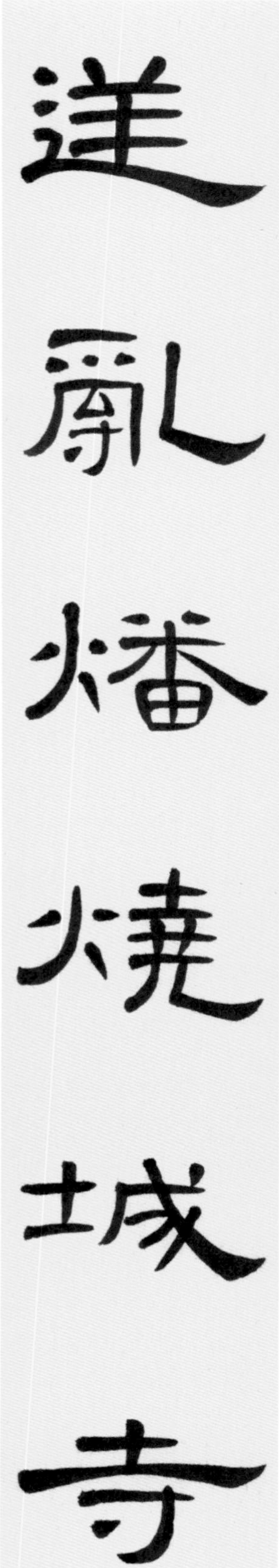


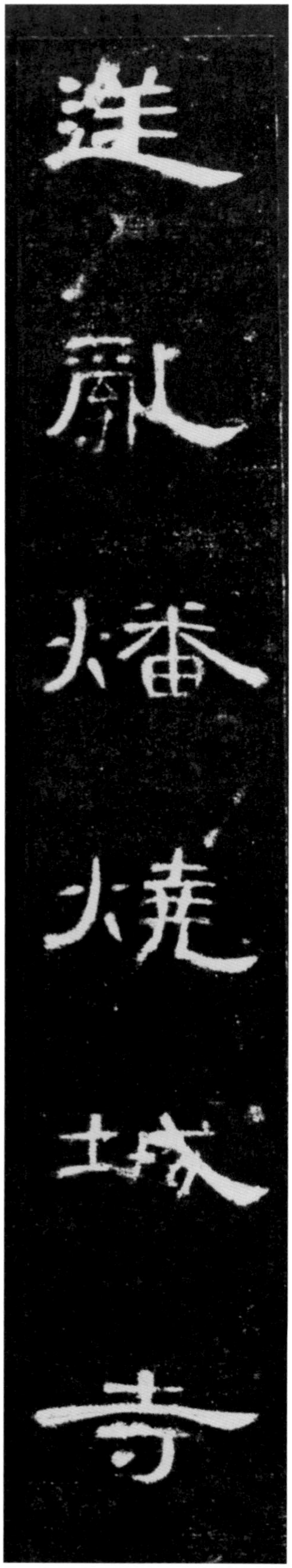

万民骚扰人褱　不安三郡告急

羽檄仍至于时　圣主咨诹群僚

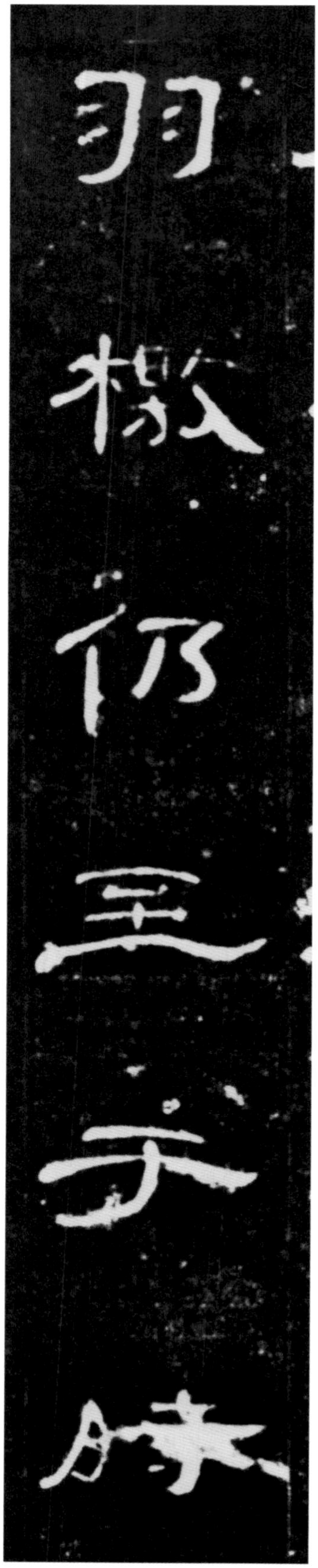

咸曰君哉转拜　郃阳令收合余

烬芟夷残迸绝　其本根遂访故

燼芟夷殘迸絕

燼芟夷殘迸絕

其本根遂訪故

其本根遂訪故

老商量俊艾王　敞王毕等恤民

之要存慰高年　抚育鳏寡以家

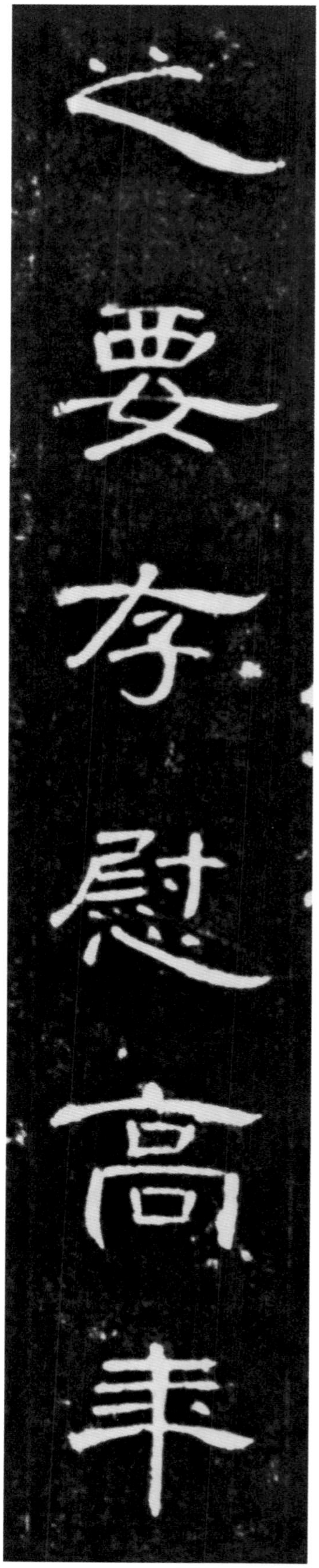

钱籴米粟赐瘗　盲大女桃斐等

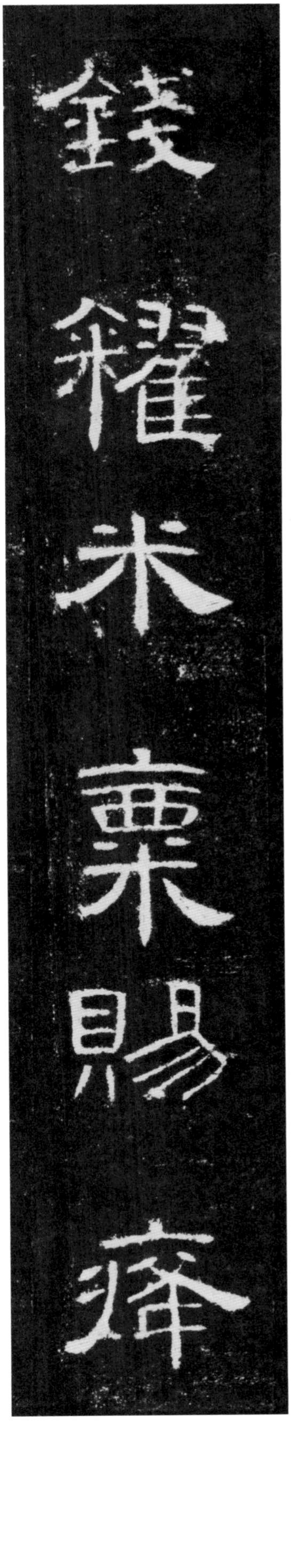

合七首药神明　膏亲至离亭部

合七首藥神明

合七首藥神明

膏親至離亭部

膏親至離亭部

吏王宰程横等　赋与有疾者咸

吏王宰程橫等

吏王宰程橫等

賦與有疾者咸

賦與有疾者咸

蒙瘳悛惠政之　流甚於置郵百

姓襁负反者如　云戢治廧屋市

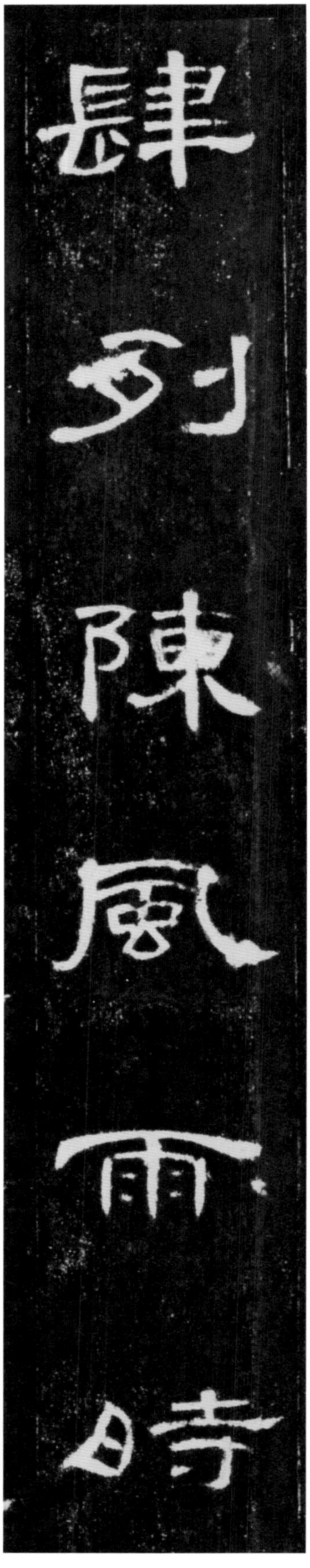

肆列陈风雨时　节岁获丰年农

夫织妇百工戴　恩县前以河平

夫織婦百工戴

夫織婦百工戴

恩縣前以河平

恩縣前以河平

元年遭白茅谷　水灾害退於戌

亥之间兴造城　郭是后旧姓及

修身之士官位　不登君乃闵缙

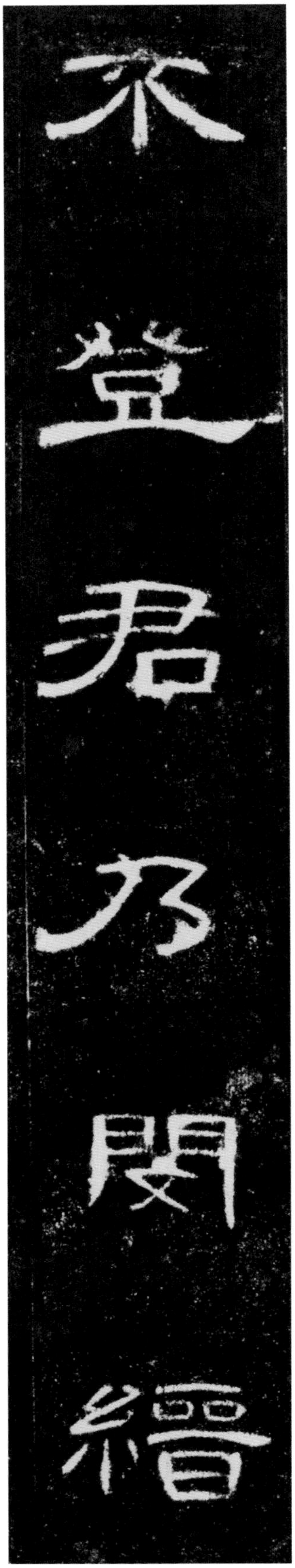

绅之徒不济开 南寺门承望华

紳之徒不濟開

紳之徒不濟開

南寺門承望華

南寺門承望華

岳乡明而治庶　使学者李儒栾

规程寅等各获　人爵之报廓广

規程寅等各獲

規程寅等各獲

人爵之報廓廣

人爵之報廓廣

听事官舍廷曹　廊阁升降揖让

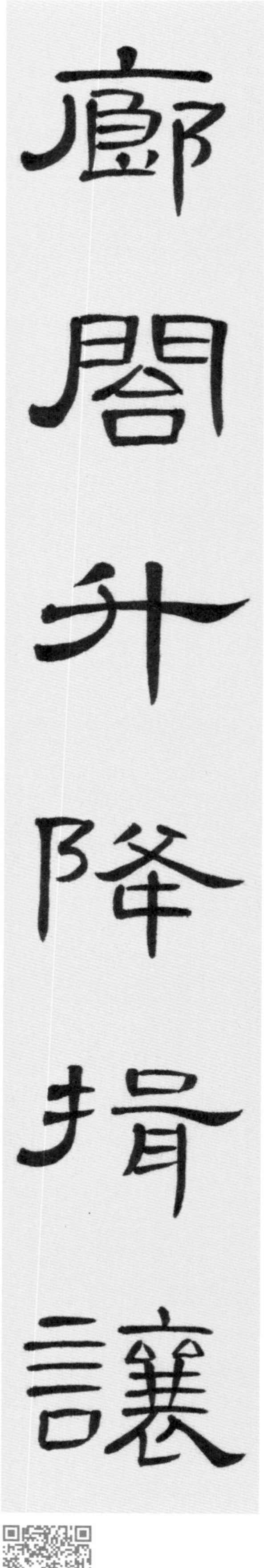

朝觐之阶费不　出民役不干时

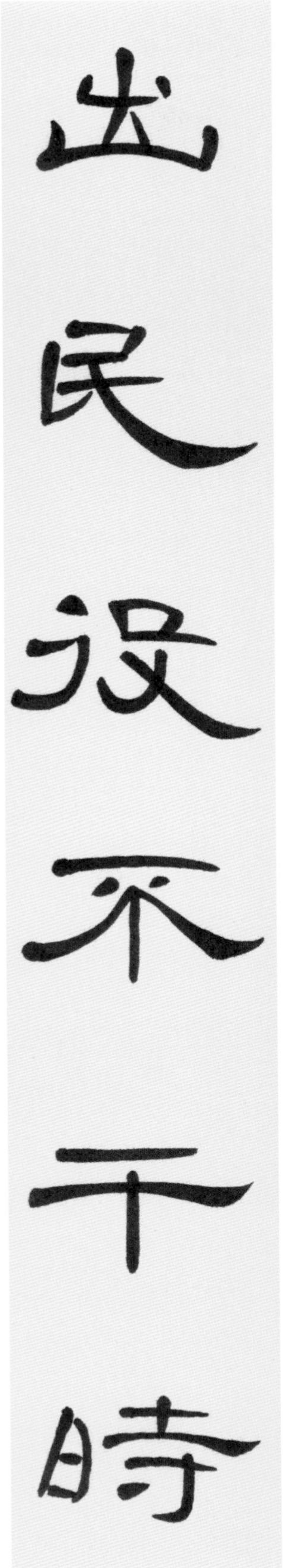

门下掾王敞录　事掾王毕主簿

王历户曹掾秦　尚功曹史王颛

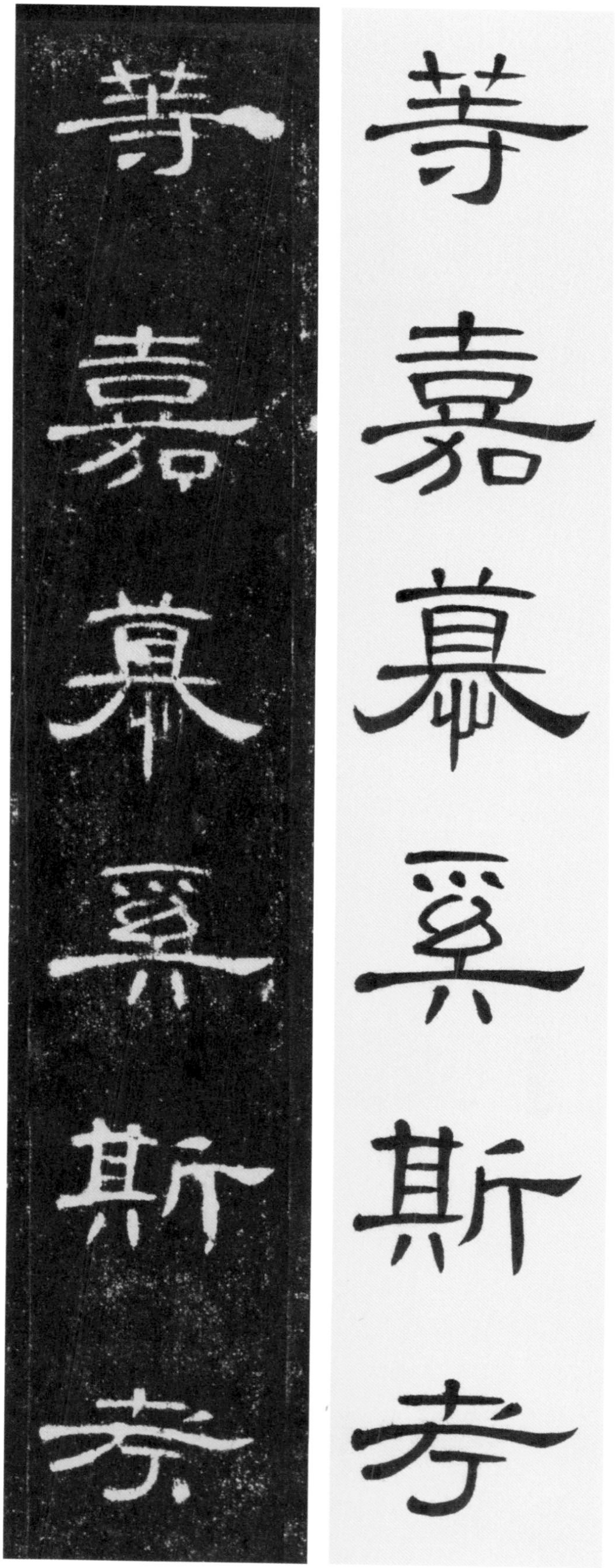
等嘉慕奚斯考

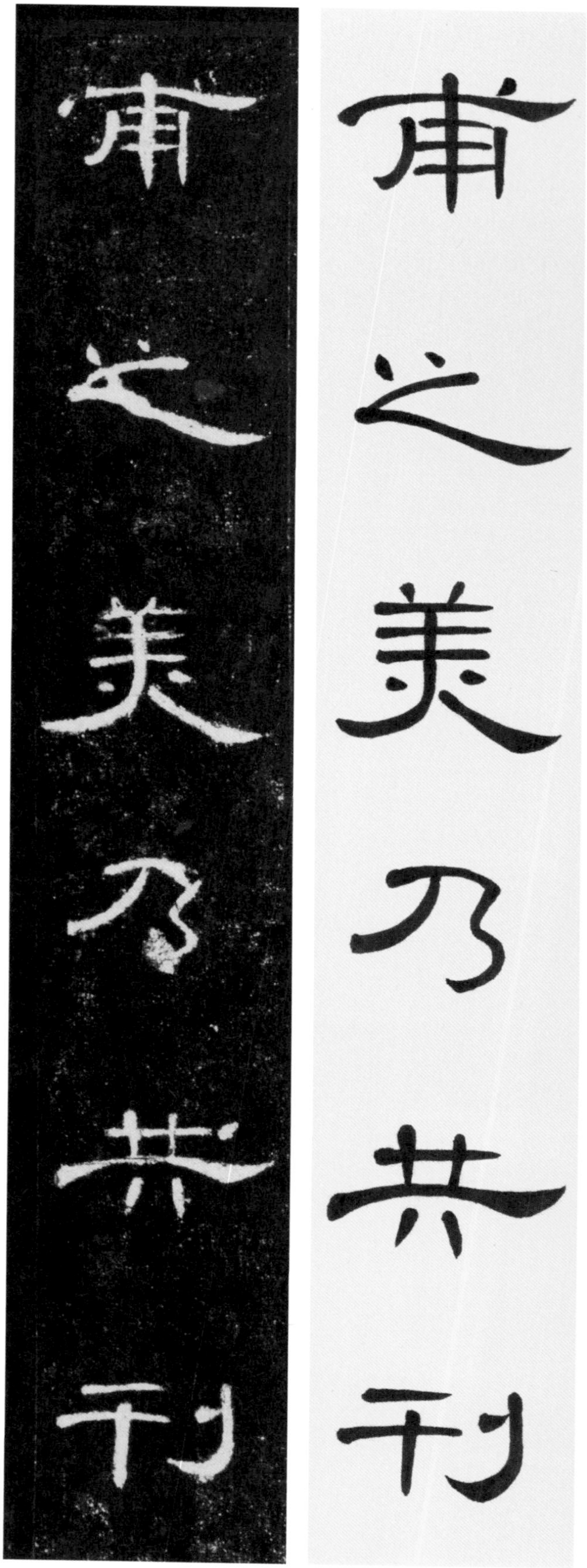
甫之美乃共刊

石紀功其辭曰

石紀功其辭曰

懿明后德義章

懿明后德義章

石纪功其辞曰　懿明后德义章

贡王庭征鬼方　威布烈安殊荒

还师旅临槐里　感孔怀赴丧纪

還師旅臨槐里

還師旅臨槐里

感孔懷赴喪紀

感孔懷赴喪紀

嗟逆贼燔城市　特受命理残圮

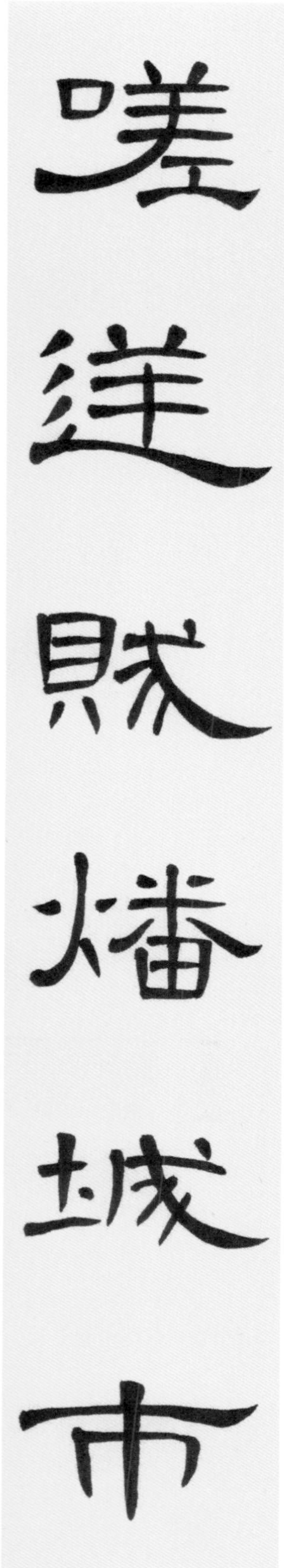
嗟逆贼燔城市

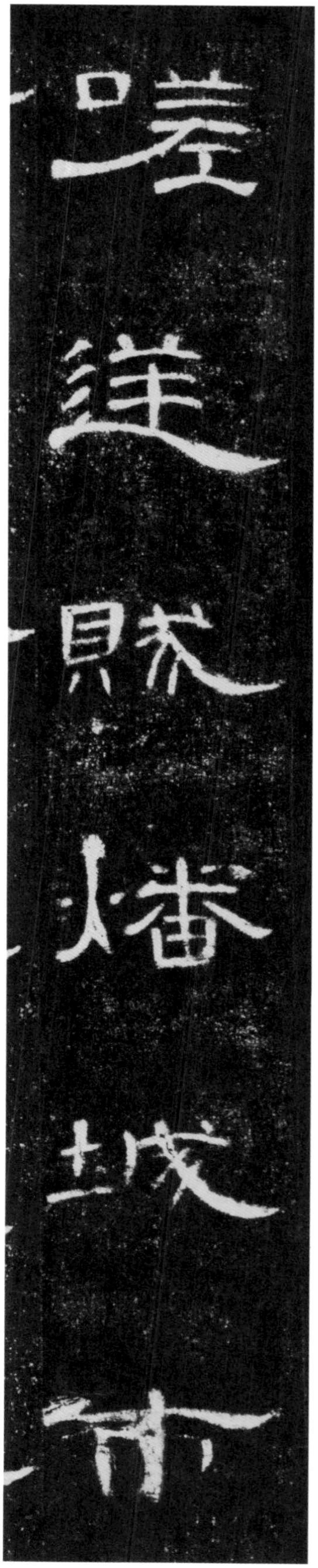
嗟逆贼燔城市

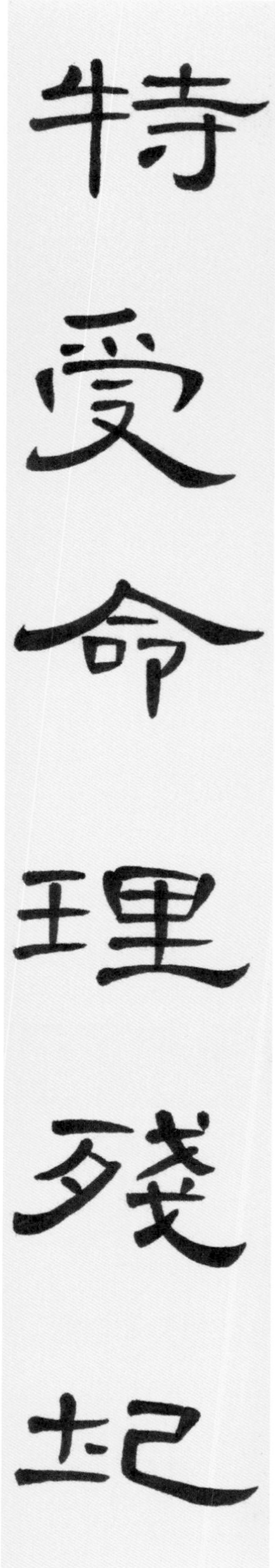
特受命理残圮

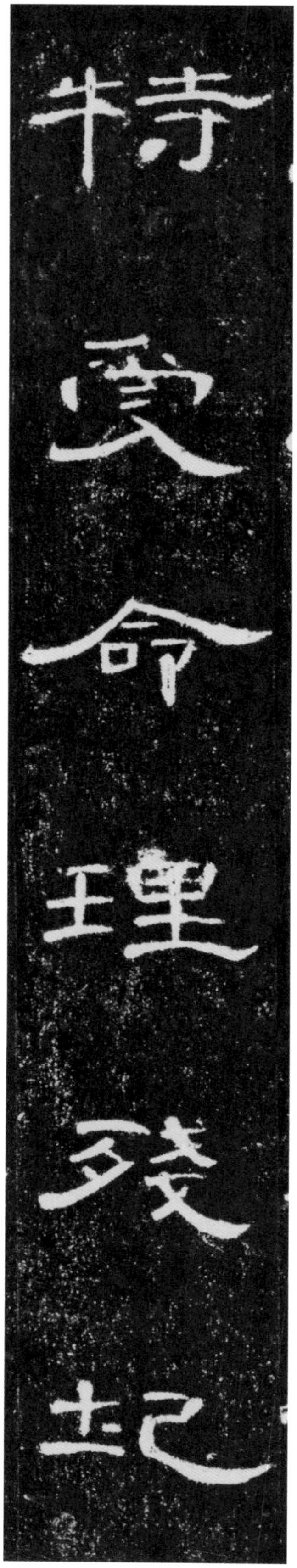
特受命理残圮

芟不臣宁黔首　缮官寺开南门

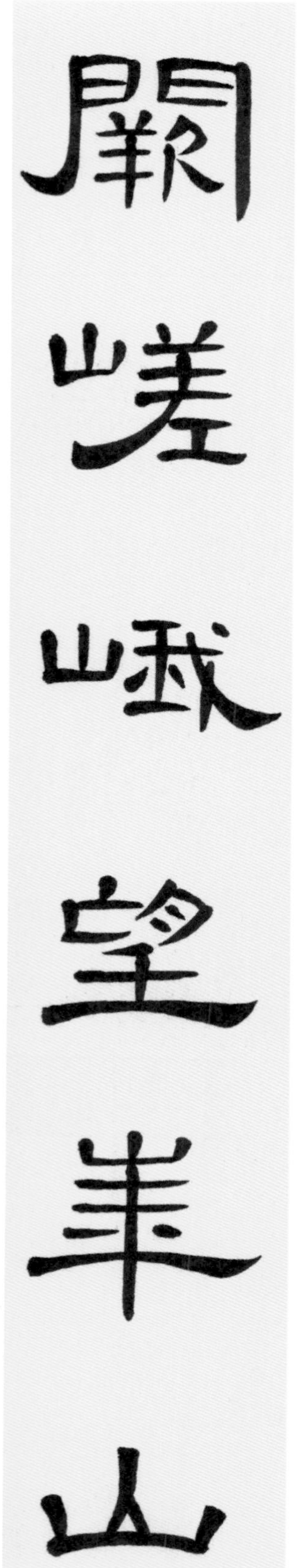
闕嵯峨望華山

闕嵯峨望華山

鄉明治惠沾渥

鄉明治惠沾渥

吏乐政民给足　君高升极鼎足

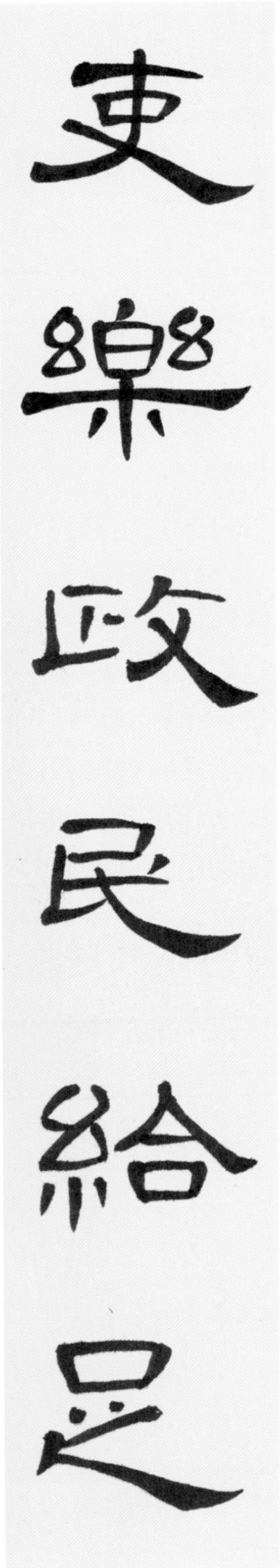


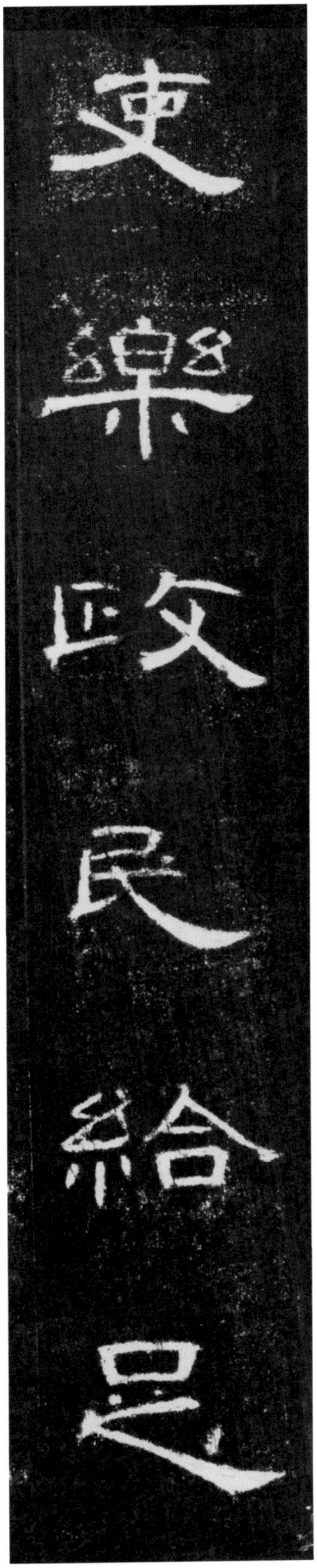


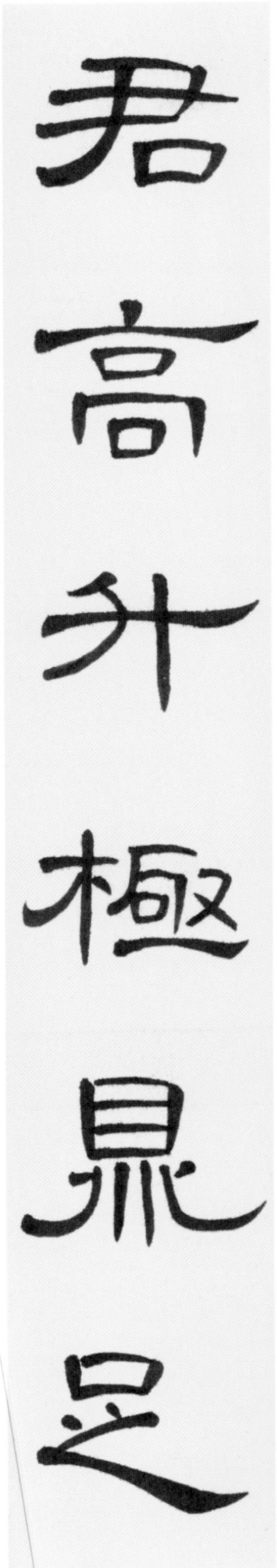


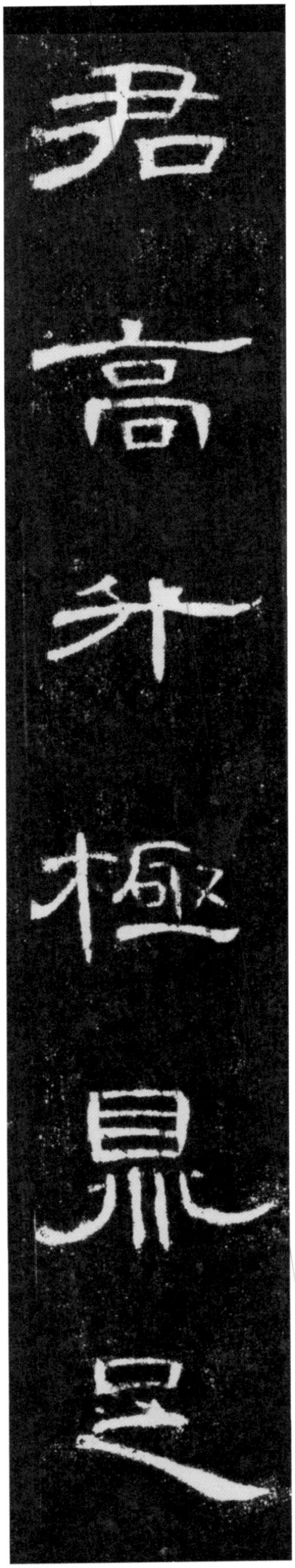

中平二年十月　丙辰造